女が蝶に変わるとき

大石　圭

幻冬舎アウトロー文庫

女が蝶に変わるとき

目次

女が蝶に変わるとき

プロローグ

息子さんが死んでからずっと、あなたは死ぬことばかりを考えている。彼はあなたが生きる唯一の目的だった。彼のためだけに、あの頃のあなたは生きていた。だから、あなたにはもう、生きる目的がなかった。五日間はずっと泣いていた。六日目になって、やっと少し食事をして、これからどうしようと考えた。夫が出勤した後の、郊外の広い家の中――。

子供がいなくなってみると、夫と暮らしていくことには、もう耐えられないような気がした。子供の父親だと思ったから今まで一緒にいたけれど、もう、その必要もなくなった。あの人の妻のまま人生を終わらせたくない。あなたは思った。

あなたが離婚したいと言うのが、夫には理解できなかった。息子を失い、そして妻までも失うことに彼は耐えられなかった。どうしてなんだ、彼はきいた。自分のどこがいけなかったのかと。けれど、あなたはそれには答えなかった。

結局、あなたの夫は妻の気持ちをほとんど理解できないまま、離婚届に印鑑を押した。気が変わったら、いつでもまたやり直したいとあなたに言った。

三十年一緒に暮らした夫と別れて、一人きりになってあなたは考える。これまでの五十三年の人生と、もう何の望みもない、残りの人生について。

死ぬことは怖くなかった。欲しいものも何もなかった。

あなたは自分が透き通ってしまったように感じた。水に沈んだ氷砂糖のように。

そんな時、ふと思い出した。昔、誰からか聞いた、深い森の中の館のことを。

1

離婚して十日目に、あなたはここを訪れた。

とても暑い、夏の午後。

身のまわりのわずかな持ち物だけをスーツケースに詰めて。ここで、目的のない残りの人生を終えるために。

風の噂に聞いた森の中の館。ヨーロッパの古いホテルを模して造られた洋館。

ここには、ずっと昔に彼女たちが失《な》くしたものがあるという。ここでなら、失くしてしまったものを見つけることができるという。

深い森に包まれてひっそりと佇《たたず》む建物。その門の前にあなたは立つ。

生暖かく湿った風が短く切り揃えたあなたの髪を揺らしていく。あなたは不安げに辺りを見まわす。建物からは物音ひとつしない。ただ鳥の声が時折静寂を破るだけ。

あなたが入館するにあたって、もちろん私たちは審査をさせていただいた。あなたがこの館にふさわしい女性であるかどうかを。だから心配はいりません。私はあなたをずっと待っていました。

ようこそ、私の館に。

建物の前に続く石畳の小径《こみち》を、あなたはゆっくりと歩いて来る。流行遅れの地味なスーツ。手には小さなスーツケース。めったに履かないパンプスの踵《かかと》が、苔《こけ》むした不揃いの石畳にグラグラと揺れて歩きにくい。少しよろける。

ドアボーイが歩いて来るあなたに気づいて駆け寄る。

「いらっしゃいませ、奥様、お待ちしておりました」

あなたはドアボーイの顔を見る。まだ初々《ういうい》しさの残る少年のような顔立ち。真っ白な歯を覗《のぞ》かせてあなたに笑い掛ける。あなたは彼から目を逸《そ》らそうとして、また見つめる。

どうです、美しいでしょう？　私の館で働く者たちは誰も美しいのです。

ドアボーイに先導されてあなたは建物に入る。吹き抜けのエントランスホール。高い天井。乾いた空気が全身に浮いた汗を一瞬にして乾かす。

磨きあげられた乳白色の床に、天井のシャンデリアからの照明が反射してとても明るい。あなたのヒールのたてる硬い音が、静かな建物の中に響く。

フロントで簡単なチェックインの手続きを済ませる。フロント係の男も綺麗な顔立ちをしていた。それに優雅で繊細な身のこなし。無駄な動きが感じられない。彼はあなたの書いた書類にさっと目を通すと振り返って合図を送る。すると、奥から別の男が姿を現した。

「彼が奥様の担当です」フロント係が男をあなたに紹介した。

当面は彼があなたの担当です。何でもお申しつけください。

あなたは紹介された男を見る。瘦せてはいるが、筋肉質で背が高い。短い髪。爽やかな笑顔をあなたに向ける。

「奥様、お部屋の準備が整うまであちらでお茶でも飲んでいましょう」

男はあなたを導いた。

エントランスホールの奥にあるティーラウンジ。柔らかな光が揺れている。三方の大きな窓から緑の庭園が見える。庭園というより、森そのもの。幹に苔むした古く太い何本もの樹木。その根元にうっそうと繁る背の低い植物。

「私たちの館ではなるべく森を自然のまま取り入れるようにしているんです」

男があなたの椅子を静かに引いた。とても優雅で自然な動き。あなたはせり上がるスカートの裾を気にしながら椅子に腰を下ろし、男が椅子をあなたの腰の下に、さっきと同じ優雅な動きですうっと押し込む。

あなたが座ったのは窓際のひときわ明るいテーブル。テーブルクロスの上の砂糖壺や、フォークやナイフが浮かび上がるように光っている。あなたはハーブティーを注文した。男がウェイターを呼び、それを告げた。

「あなたの名前は？」

あなたは男にきいた。男は笑った。その笑いもとても上品だ。鏡に向かって何回も練習したセールスマンのようではなく、生まれつき持っているような上品な笑顔。

「私の名前など何でもいいのです。奥様のお好きなようにお呼びください」

滑らかな音楽のような声。いつまでも、もっと聞いていたくなる。

「でも、それじゃあ困るわ」

「奥様、昔、犬を飼っていらっしゃいましたね。その犬の名前は何でしたか？」

あなたの抗議に男は微笑《ほほえ》みながらきいた。

あなたは戸惑いながらも、以前飼っていた犬の名前を思い出し、それを言った。

「ペロよ」

「それでは私をペロと呼んでください」

あなたはなおも戸惑いながら、ペロの顔を見る。何て美しい青年なんだろう。独身の頃によく観たフランス映画に出てくる俳優みたい。こんなに美しく爽やかな男は現実の暮らしの中では見たことがない。

「奥様のことはよく存じ上げております。ですから、奥様はここでは私たちにすべて任せて、楽しい日々をお過ごしください」

男の言葉が、あなたは気に掛かった。いったい、私の何を知っているというのだろう？

あなたはテーブルに置かれたハーブティーを飲みながら、窓から森を眺めた。

「静かなところね」あなたはつぶやく。恋人と初めてのデートをしている学生のような気分になっていることに、はっとする。

「そうですね」ペロは滑らかな口調で話す。映画俳優のような澱《よど》みない口調。

「静かで、とても素敵なところですよ」また笑った。

そして、あなたは気づいた。時間の流れ。そう、違うでしょう？　ここでは、時の流れ方が違うのです。

お茶が済むと、ペロはあなたを部屋に案内した。

幅の広い大理石の階段を上り、幾何学模様の入った絨毯《じゅうたん》を敷き詰めた長い廊下を、ペロと並んで歩いて行く。廊下の両側に並ぶ黒ずんだ木製の扉。ここでは、あなたのヒールも音を立てない。

三階の一番奥の扉の前で立ち止まり、「ここが奥様のお部屋です」とペロが言った。大理石のキーホルダーの付いた鍵を差し込んでまわす。

あなたはペロの手の動きを見ている。しなやかな動き。連れ込み宿に入るようだとあなたは思い、それから、なんて馬鹿みたいなことをと思い直す。さっきから馬鹿みたいなことばかり考えている。どうかしているわ。

あなたは少し不安そう。だけど心配はいりません。ペロが何でもしてくれます。

部屋に入る。あなたは室内を見まわす。

長い年月の間に何度も塗り直された白い壁と高い天井。綺麗に掃除された煉瓦《れんが》造りの暖炉。大きな額に入れられた、年代物のリトグラフ。黒光りする四本の柱が突き出た大きなベッド。少し擦り切れたペルシャ模様の絨毯。木製のテーブルと椅子。陽に焼けて黄ばんだシェイドを被《かぶ》った、背の高い真鍮《しんちゅう》の電気スタンド。どれもとても古いけれど、安っぽくはない。

ペロがロープを手繰《たぐ》り、スルスルと音をさせて厚いカーテンを引く。明るい光が部屋に射し込み、あなたたちふたりを包み込む。

窓からはうっそうと繁る深い緑の森が見渡せた。どこまでも続く森。庭の背の高い樹木が、窓から手を伸ばせば届きそうなほど近くに繁っている。

窓ガラスを開けると、たっぷりと湿気を含んだ生ぬるい風と一緒に、植物の匂いが部屋の中に流れ込んできた。

「あれは何なの？」

あなたは天井の隅を指してペロにきいた。銀行のキャッシュディスペンサーの上にあるような黒いビデオカメラ。それが、部屋の四方の天井に付いている。「まさか」あなたが言い、ペロは相変わらず優雅に笑う。

「ビデオカメラですよ、奥様」

「冗談じゃないわ」あなたは言う。「あれでいつも部屋の中を監視しているの？」

ペロは別に驚いたふうでもない。

この人はきっと驚いたりしたことなんてないんだわ。いつでも、まるで劇中の人物のように振る舞っている。せりふを暗記した舞台俳優のように。

「奥様は監視されているわけではありません。その証拠に、奥様が今、私を殺しても誰もやって来ません」

「それじゃあ、あれはどういうわけなの？」

あなたは部屋の中央に立ったまま、ペロにきく。

「あんなのでいつも見られてたら何もできないわ」

「何をしていても構いません。ここでは誰も何も咎《とが》めたりはいたしませんから。ただ、奥様は見られているかもしれないのです。覚えておいてください。起きている時でも、眠っている時でも、奥様は見られているかもしれません。けれど、監視されているわけではありません。誰かが奥様を見ているのかもしれない。奥様は見られているのかもしれない。それだけのことです」ペロはあなたにそう言って、また笑った。

あなたは何度かビデオカメラを見上げ、それから思い出したように浴室に向かった。白いタイル張りの大きな浴室。大理石のバスタブ。トイレとビデ。角が欠けた古くて大きな鏡。その天井にも一台の黒い小さなビデオカメラがあった。

「見られているかもしれない……ということは大切なことです」

いつの間にかペロはあなたの後ろに立っていた。

「奥様だけではありません。ここに宿泊されている方は、みんなそうなのです」

あなたは部屋に戻ってソファに腰を掛けた。せり上がるスカートの裾を気にしながら骨張った脚を組んだ。

部屋の隅の小さなキッチンでペロがお茶を淹《い》れている。紅茶の香りが、部屋の中に満ちる。

「私は奥様の犬です」ペロは言う。「主人は奥様です。けれど、ここにもルールはあります。それだけは守っていただかなければなりません」

ペロは紅茶を入れた華奢《きゃしゃ》なカップを、しなやかな身のこなしであなたの前のテーブルまで運んできた。

「お茶が済んだら着替えをしてください。間もなくメイドがやって来て奥様を手伝ってくれるはずです」

あなたはペロの淹れた熱いお茶を飲んだ。

「お吸いになりますか？」

あなたの前に銀色のシガレットケースが差し出された。

「いいえ」と答えてからあなたは、思い直して「いただくわ」と言った。

どうしてそんなことを言ったのか、わからなかった。煙草はもうずうっと前に、息子を妊娠した時にやめていた。

二十八年ぶりの煙草をあなたはくわえた。ペロがライターで火を点《つ》けようとするのを断って自分で点けた。吸ってみる。きつい香り。煙が舌をビリビリと刺激した。光の中をゆっくりとのぼっていく煙。唇をすぼめて静かに煙を吐き出す。何かを思い出しそうになる。煙草の先から細かい灰がわずかにこぼれ落ちた。

「おいしいわ」あなたは言った。

ペロはまた少し笑い、それからサイドテーブルの電話を取ってメイドをよこすように誰かに伝えた。

強い香りを吸い込んで、あなたは少し落ち着いた。まだ怖がっているけれど、さっきほどではない。

「それでは、奥様の着替えが済んだ頃にまたお迎えにまいります。何かありましたらそこの電話で呼んでください」ペロは頭を深く下げ、部屋を出て行こうとした。

そんな彼をあなたは呼び止めた。「ねえ、ペロ」初めて彼をそう呼んだ。

「何でしょう?」

「後で来る時に、煙草を買って来てもらえる?」

ペロは、「かしこまりました」と言ってもう一度頭を下げ、微笑みを浮かべたまま、今度は本当に部屋を出て行った。

部屋に一人残されたあなたは、煙草をくわえながら、また部屋の中を見まわした。天井の四隅のビデオカメラを眺めた。

今も見られているのかしら?

スカートの裾を気にしながら、そっと脚を組み替えた。

2

扉を叩く音がした。あなたは紅茶を飲み終え、ペロの置いて行ったシガレットケースから二本目の煙草を取り出して火を点けたところ。

「どなた？」

「メイドです」

ドアを開けて入って来た背の高い痩せた女は、古代のギリシャの女のような恰好《かっこう》をしていた。若い。裾がくるぶしまである袋のような白い服。括《くび》れた細い腰に薄茶色の革のベルトを巻き、ベルトと同じ革の、踵の低い編み上げサンダルを履いている。黒く長い髪を後ろで束ね、アイラインを濃く引いたきつめの化粧をしている。

「ヤンと申します」女は言った。「これからは私が奥様のお世話をいたします。よろしくお願いいたします」ヤンと名乗ったメイドは笑わずに言った。

「まずお風呂に入りましょう」ソファに座ったままのあなたにヤンが言い、「今すぐに？」とあなたはきく。

「お風呂の後の支度に時間がかかりますから、早めのほうがよろしいかと思います」

ヤンはそう言って浴室に行き浴槽に湯を入れ始めた。滑るような歩き方。この人の身のこなしもペロと同じ。しなやかな野生の獣のようだ。

浴室から水の流れる音が聞こえ、バスソープとバスオイルの甘い香りが漂い始めた。

あなたは、しかたなく灰皿で煙草を揉《も》み消した。白いフィルターに付いた地味な色の口紅を指先で拭《ぬぐ》う。若さのない色。あなたは思い、それから、本当に若くないんだから、と思い直す。

ソファから立ち上がり、天井のビデオカメラを気にしながら、スーツを脱ごうとする。クロゼットを開ける。すると浴室から出て来たヤンが、例のしなやかな身のこなしで、さっとあなたに近づいた。

「奥様は何もしないでください。私がすべてしてしまいますから」ヤンはそう言うと、手早くあなたの服を脱がせにかかった。

ジャケットを脱がせてクロゼットのハンガーに掛ける。素材や縫製はしっかりしているけれど、くすんだ色の地味なスーツ。

ジャケットをハンガーに掛けると、ヤンはあなたのブラウスのボタンに指を触れた。

「服ぐらい自分で脱げるわ」あなたは照れてそう言う。

「いけません」とヤンは言いきかせるように優しく言う。「ここでは奥様はそんなつまらないことをしてはいけないのです」

この人もペロも、みんな同じような口調で話す。まるで決められたせりふを喋《しゃべ》っているみたいに。

あなたは諦めてボタンから手を離す。

人に服を脱がせてもらうなんて何十年ぶりだろう？　ずっと昔、まだあなたもあなたの夫だった人も若かった頃、彼が性交の前に何度かしてくれて以来かもしれない。

ヤンは馴《な》れた手つきでブラウスのボタンを外していく。薄いブラウスはあなたの細い腕から抜かれて、クロゼットのハンガーに抜け殻のように掛けられる。スカートのホックが外される。ファスナーが引き下げられ、スカートがそっと下ろされる。あなたはヤンの肩に手を掛けて、スカートから脚を一本ずつ抜く。化繊のスリップのストラップが肩から外される。ヤンがスリップを捲《まく》り上げる。あなたは万歳をするようにしてそれを脱がせてもらう。

　下着だけになった自分の姿がクロゼットの内側の鏡に映っている。自分よりも三十くらいも年下の女性の前で、あなたは少しはにかむ。こんなことなら、もっとお洒落《しゃれ》な下着を着てくるんだった。もう何年も下着姿を人に見せたことなんてない。きっと、この子の体は、私とは比べものにならないくらい綺麗なんだろう。あなたは少し身を屈《かが》める。

　ヤンが屈み込み、指をパンティストッキングに掛けてゆっくりと引き下ろす。

　あなたはブラジャーとショーツだけになった鏡の中の自分を見る。もうすっかり体の線が崩れてしまった。自分の裸をこんなによく見るのも何年ぶりだろう。ずっと痩せていたし、スタイルもいいつもりでいたのだけれど。

　あなたは少し悲しくなる。

　だけど悲しむことはありません。私にもあなたの姿が見える。大丈夫、あなたは今も美しい。

　確かにあなたの体は年を取り始めてはいる。それは事実だ。それでもあなたは、今でも充分に美しい。そして、ここでこれから、もっと美しくなる。だから、悲しむことはありません。

ヤンがブラジャーを外し、乳房が剝《む》き出しになった。あなたは慌ててそれを腕で隠す。今度はヤンの指がショーツのゴムに掛かる。そっとそれを引き下ろす。艶《つや》の失くなり始めた性毛が現れる。

あなたはもう一度、鏡の中の自分を見る。


服を脱がせ終わると、ヤンはあなたを浴室に導いた。白いタイル張りの浴室。大理石の大きなバスタブ。そこに満ちた柔らかな泡の中に、あなたは静かに脚を入れた。熱くもぬるくもない湯があなたの体を優しく包む。

「ずっと、ここで働いているの？」あなたはきく。

ヤンはあなたの目を真っすぐに見つめて「そうです、奥様」と答えた。

ペロと違って、ヤンは笑わない。意志の強い少女のようなしっかりとした視線であなたを見つめる。真っ黒なヤンの瞳。目の縁を囲んだアイラインと、黒いマスカラを塗り重ねた長いまつ毛。

ヤンがスポンジに白い泡をたっぷりと付けて、体を伸ばして浴槽に浮かんだあなたの体を洗う。

あなたは目を閉じる。そして、自分の体を這《は》うスポンジの肌触りに神経を集中する。ヤンの手にしたスポンジがあなたの細い腕を這い、鎖骨の浮いた肩を這う。

「綺麗な肌ですね、奥様」ヤンが言うのが聞こえる。「とてもお綺麗ですよ」

あなたは目を閉じたまま大理石のバスタブの縁に首をもたせ掛ける。真っすぐに伸ばされたあなたの脚を、スポンジが嘗《な》めるように這っていく。太股《ふともも》から、ふくらはぎへ。そして、足首へ。あなたの神経は、その動きに集中している。

ヤンはお世辞を言ったりはしない。彼女の言うことは、いつも真実です。心配はいりません。あなたは、とても綺麗だ。

ヤンの細い腕は力強く、あなたは産湯に浸《つ》かる赤子のようだ。全身の力を抜いて、そうしてそこに漂っている。


入浴が済むとヤンはあなたの体を拭いた。厚手のバスタオルを何枚も使って体中の水分を拭き取り、それにあなたを包み込む。バスタオルから甘いバラの香りが漂う。

それからヤンはローションを掌《てのひら》に載せて、あなたの体の隅々にそれを塗り込んだ。

ヤンの手が触れた瞬間、あなたの体はその冷たさに震え、滑らかだった肌一面に粟粒《あわ》のような鳥肌が立った。あなたの肌に張り付いた微《かす》かに粘り気のある液体。ヤンはそれを塗り込んでいく。肩と腕、背中と脚は特に念入りに。塗り広げられたローションにあなたの全身はピアノのように光った。

ローションを塗り終えると、ヤンはあなたを鏡の前に座らせた。大きな鏡の縁が黒ずみ、少し映りの悪くなった古い鏡台。あなたは素肌にバスタオルを巻いただけ。鏡の中に、すっかり化粧を落とし、上気したあなたの顔が映っている。化粧を落とすと皺《しわ》が目立つわ、とあなたは思う。鏡に向かって少し笑ってみる。

ヤンは小さな毛抜きを手にしている。「奥様、腕を上げてください。無駄毛の処理をしますから」

「それは、自分でやるからいいわ」

あなたはそう言ってヤンの手から毛抜きを奪おうとした。けれど、ヤンはあなたにそれをさせない。あなたはしかたなく両腕を上げて、それを頭の後ろで組んだ。

鏡の中のヤンは、あなたの脇の下に息が掛かるほど顔を近づけて、柔らかな肌に頭を出し始めた毛を、一本一本抜いていく。毛抜きにつままれた毛が皮膚を小さく盛り上げ、それからすうっと抜けていく。銀色の金属に挟まれて抜き取られた黒くて小さな毛根。脇の下のチクリ、チクリという微かな痛みを、あなたは目を閉じて楽しむ。

脇の下の処理が済むとヤンは鏡台の引き出しを開け、そこに並んだたくさんの小瓶の中から無造作にひとつを取り出した。金色の蓋の付いた色の濃い小瓶。爪を短く切り詰めたあなたの指にその派手な色のエナメルを塗った。

爪にそれが塗られた瞬間、指先がギュッと締めつけられるような息苦しさにあなたは震えた。

「こんな派手な色はしたことがないわ」

「大丈夫ですよ、奥様。とてもお似合いです」ヤンは唇をすぼめてそっと息を吹き掛けながら、あなたの爪に細い筆でエナメルを塗り重ねていく。

「爪をもっと長く伸ばすと指が綺麗に見えますよ」

「折れたりしないかしら？」

「大丈夫ですよ」

手の指が済むと、今度は足の指にもそれを塗った。

「ペディキュアを塗ったことなんてないわ」あなたが言い、「これからは毎日塗りましょうね」とヤンが言った。

自分の足の爪に塗られる派手なエナメルを眺めながら、娼婦のようだとあなたは思う。若い女の子が派手なペディキュアをしているのはかわいいけれど、私みたいな年の女がすると下品に見える。

エナメルが乾くのを待つ間に、ヤンがクロゼットから今夜の服を選び出した。エナメルと同じ色合いの、艶やかに光を反射する派手な色のドレス。それにあなたが着方も知らないような複雑な形のシルクの下着。ヤンはそれらを、大きなベッドの上に並べた。

「奥様は体の線がお綺麗だから、他のみなさんのようにコルセットで矯正する必要はありませんね」

鏡の前に立って、ヤンはあなたにその滑らかな素材を着けた。尻の割れ目に食い込むような小さな下着。背中に並んだいくつものホックで留める、肩紐のない窮屈なブラジャー。太股までの肌理《きめ》の細かいシルクのストッキング。それをウエストに巻いたレースのガーターベルトで留めた。

あなたは鏡の中で変わっていく自分の姿に見入っている。もうさっきのように前屈みになってはいない。背筋を伸ばして堂々としている。

いかがです、とても素敵でしょう？　これがあなたですよ。

ヤンがあなたに今夜のドレスを着せた。肩が剝き出しになった、丈の短いタイトなドレスに体の線が浮き立つ。

あなたはまるでショーのモデル。服の美しさを演出するためだけに存在するショーのモデル。あなたは大きな鏡の前で、遠慮がちに何度かまわってみた。

ヤンはあなたを再び鏡の前に座らせて、顔に化粧を施した。髪をアップにセットして、時間を掛けてベースクリームやコントロールカラーやファンデーションを塗り、毛抜きとブラシとペンシルとで眉を整える。瞼《まぶた》にはアイシャドウが幾重にも塗り重ねられ、まつ毛にもマスカラが塗り重ねられる。

他人に化粧をされるくすぐったさに耐えながら、あなたは鏡の中で別人に変わっていく自分を見つめている。頰にはブラシでパウダーが撫《な》でられて、細い筆で引かれた二色のルージュがあでやかに唇を彩っている。

化粧が済むと、ヤンはあなたを様々なアクセサリーで飾りつけた。ヤンは今夜、パールを選んだ。ネックレスと、ブレスレットとブローチ。そしてパールの指輪があなたの指に嵌《は》められた。
「いかがです？」鏡の中のあなたに向かってヤンが言った。
「あなた、お化粧がじょうずね」あなたは言う。その言葉にヤンは初めて笑った。

3

絨毯の上に揃えられたハイヒールに履き替えた時、扉を叩く音がした。

「ペロです。お支度はできましたか？」厚い扉の向こうからあの優雅な声が聞こえた。

ヤンがドアを開け、中に入って来たペロがあなたを見て感嘆したように言った。

「奥様、とてもお綺麗です」

あなたは絨毯の上に立って、少し恥ずかしげにペロに笑い掛けた。

ふと見ると、ペロもタキシードに着替えている。脇に抱えた小さなバラの花束を、これをどうぞ、とあなたに差し出す。

差し出された花束をあなたはぎこちない手つきで受け取った。赤くなる。花束を貰《もら》ったのなんて、いつ以来だろうか。昔、結婚する前に貰ったことがあるけれど、あれは誰からだったのか。夫からではなかったような気がするけれど、今ではもう思い出せない。

「それではまいりましょうか」そう言ってペロはあなたの手を取った。ペロの薄い掌。突然握られたその手の温《ぬく》もりにあなたはまた戸惑う。

ヤンに送り出され、踵の高いパンプスに少しよろめきながら、あなたはペロに導かれて階段を降りて行った。

さあ二人とも、急いでください、もう晩餐は始まっています。

ペロに手を引かれてあなたはレストランに入った。高い天井から大きなシャンデリアが下がっている。いくつも並んだ円テーブルの上で、蠟燭《ろうそく》の炎が揺れている。

女たちの化粧の匂い、いろんな種類の香水の香り、それに様々な料理と酒の匂いが立ち込めている。太ったピアノ弾きが音楽を奏で、何組ものカップルがテーブルについて食事をしている。どのカップルも女と若い男の二人連れ。派手なドレスに身を包んだ女たちは自分の息子か、もしかしたら孫みたいな若く美しい男と、恋人同士のように顔を寄せ合い、ささやき合っている。

あなたとペロは、ピアノの近くの窓際のテーブルに案内された。磨きあげられた窓ガラスに着飾ったあなたが映る。ペロが優雅な動作であなたの椅子を引き、あなたは静かに腰を下ろす。せり上がるドレスの裾。剝き出しになる太股。柔らかな椅子。尻に食い込む下着と、初めて着けるガーターベルトの感触があなたを特別な気分にさせた。

　ペロが白ワインを注文し、運ばれてきたワイングラスを軽く触れ合ってあなたたちは乾杯をした。

「奥様の新しい人生のために」

　ペロがあなたの目を見つめて言い、あなたは無言で微笑んだ。

　表面にびっしりと汗をかいた背の高い華奢なグラス。よく冷えたフルーティなワインが、あなたの喉《のど》を心地よく流れ落ちていく。

　久しぶりのアルコール。あなたの夫だった人は、女性がお酒を飲むのをあまり好きではなかった。あなたは胸が熱くなるのを感じる。

「いらっしゃいませ、奥様。何をお召し上がりになります？」ウェイターがやって来て尋ねた。ここではウェイターの声さえ音楽のように響いた。

「任せるわ」ペロを見つめてあなたが言い、ペロは笑って頷《うなず》くといくつかの料理をウェイターに言いつけた。天井のシャンデリアを映して金色に光るスープと、フレンチドレッシングを掛けたトマトとチコリのサラダ、それに舌ビラメのムニエル。

あなたは肉を食べない。それはもちろん、ペロも私も知っています。あなたの顔はほんのりと色づいている。少し酔いましたか？　ゆっくりと飲んでください、楽しい夜はいつまでも続きます。

「奥様はもう今では、ほとんどピアノを弾きませんね」ペロが言った。

「そうね」あなたは答えた。それから、どうしてペロは私がピアノを弾くことを知っているのだろうかと思った。

私たちは知っています。もう何年も前から、あなたがピアノに向かうことはほとんどなくなった。あんなにじょうずだったのに。

「今度聴かせてください、奥様」ペロが言い、あなたは照れたように笑う。

「だけどきっと、もううまくは弾けない」

たっぷりとソースの掛かった舌ビラメのムニエルを食べ、冷たいワインを飲む。

あなたがここに来てくれて、私はとても嬉しい。この館では、あなたが諦めてしまったもの、捨ててきてしまったもの、そういう様々なものを、また取り戻さなくてはなりません。ペロもヤンも、そして私も、それを応援いたします。けれど、忘れてはいけない。それをするのは、あなた自身なのです。

ナプキンで唇を拭い、あなたは煙草を取り出した。ペロがライターで火を点けた。あなたの手はその炎を囲おうとしてペロの手に触れた。ペロの手に生えた柔らかな毛が、羽毛のように掌をくすぐった。

細く燃え上がったライターの火の先端に煙草を近づけて、ありがとう、とあなたは言った。大きく吸い込んで、それから静かに煙を吐き出した。

唇から離したフィルターに、今夜のルージュが微かに付く。そのルージュの色を見て、他の誰かの煙草みたい、とあなたは思った。

食事の後で、ペロはあなたをカクテルラウンジに連れて行った。

森に面した大きなバルコニーのあるカクテルラウンジ。木目の黒光りする古いカウンターの中で、灰色の髭《ひげ》を生やしたバーテンダーが、銀色のシェイカーをしなやかな手つきで振っていた。

薄暗いカウンターに並んで座って、あなたたちは乳白色のカクテルを楽しんだ。あなたのためにペロが注文した、特別なカクテル。ジンとコアントロー、それにレモンジュースを垂らしたショートドリンク。

「強いから気をつけてくださいね」ペロが微笑んで言い、あなたは唇をすぼめてその冷たい液体を口に含んだ。舌に強い刺激とほのかな甘みが広がった。

フロアにはゆったりとしたダンス音楽が流れている。開け放した窓からは、夜空に輝くたくさんの星と少し欠けた月が見えた。「ここでは朝食も食べられるんです。奥様、今度ここで朝食を摂《と》りましょう。あそこから朝陽が射し込んでとても素敵です」

あなたはこれからのここでの生活のことを考えた。炊事や洗濯や掃除や買い物、近所の人たちや親戚との付き合いや、その他の日々の生活の一切の雑事から離れた生活。何十年ぶりかの自由。

こんな気分になるのは何年ぶりだろう。あなたは思う。こんな日が再びあるとはきょうまで思わなかった。

ラウンジの中央のスペースでは、男たちに抱きかかえられて何人もの女たちが踊っている。彼女たちは背中や肩の剝き出しになったドレスを着、たくさんのアクセサリーで飾り立てられて、男たちに導かれてまわっている。

「一緒に踊りますか？」

ペロがきき、「踊れないわ」とあなたは断った。

ペロは笑った。けれどもう、それ以上は誘わなかった。

彼女たちもここに来るまでは、あなたと同じように踊ったことなどなかった。けれど今、年取った女たちは踊っている。それぞれの人生の鎖から解き放たれ、女たちは踊る。ハイヒールの踵を鳴らし、スカートの裾を翻し、太股まであらわにして若い男たちにしがみついている。

私には彼女たちが楽しんでいるのがわかる。あなたたちは、本当はずっと昔に自分を解放すべきだった。夫から、子供から、家から、自分を解放すべきだった。けれど、貞淑な妻であり母親であろうとしたあなたたちには、それができなかった。だから、今、私があなたたちを解放して差し上げる。

この深い森の中、特別な時間が流れる館の中で、あなたたちは夫のためでも子供のためでも家のためでもない、自分だけのための人生を取り戻すのです。

ラウンジの隅の暗がりのテーブルで太った女が若い男とそっと唇を合わせているのをあなたは見た。あるいは髪を薄い紫に染めた痩せた老女がすっかり酔って、男の肩にもたれ掛かって目を閉じているのを見た。

テーブルの上で男の手に、マニキュアをした皺だらけの手をそっと重ねる女。男に背後から抱かれるようにしてビリヤードを教えてもらっている女。剝き出しになった女の太股を静かに撫で続ける男の手。

あなたはカクテルを飲み干す。ペロに別のカクテルを注文してくれるように言う。空のグラスを取ろうとしたペロの手に、あなたの手がまた触れた。濃いマニキュアをしたあなたの指。ペロは頷き、バーテンダーにカクテルの名前を言った。

あなたはカウンターの下で、たった今ペロに触れた自分の手をそっと握り締めた。

4

久しぶりのアルコールにすっかり酔ってしまったあなたは、ペロに支えられながら長い廊下を歩き、自分の部屋に戻った。もうホールの古い大時計は日付が変わったことを示していた。

あなたたちが出たラウンジからは、まだダンス音楽が流れている。それが微かに聞こえる。あの人たちは何時まで踊るのだろう。履き馴れない踵の高い靴にあなたの足は少し痛む。

部屋の扉の前ではヤンが待っていた。

「お楽しみになれましたか?」

ヤンがきき、あなたは少し恥ずかしそうにペロの腕から離れ、とても楽しかったと答えた。

「そうですか、それはよろしゅうございました」ヤンは表情を変えずに言って扉を開ける。ペロは部屋までは入って来ない。ヤンだけがあなたと一緒に部屋に入った。

「ペロ、あなたはどこに行くの？」あなたはきいた。

「犬小屋に戻ります」ペロは白い歯を見せて笑った。その言葉にあなたも笑った。

「ゆっくり休んでください。あしたの朝、またお迎えにまいります」ペロはそう言うと、深く頭を下げてドアを閉めた。

ペロが去って行くのを見送るあなたの後ろで、ヤンが就寝の準備をしている。ベッドの毛布を捲《まく》り、枕を整える。それからあなたに鏡の前に座るように言った。あなたは言われるままに鏡台の前の椅子に腰を下ろした。ヤンは馴れた手つきであなたからアクセサリーを外し、メイクを落とした。あなたは化粧を落とすヤンの手を押さえたい衝動に駆られた。ヤンの手が動くたびに、鏡の中にいた美しい女が、あなたが見馴れたいつもの中年の女に戻っていったからだ。

ヤンの手がドレスを脱がせる。体をきつく締め上げていたブラジャーを外す。今まで美しかった自分の体が、支えを失って急に崩れていくように感じ、あなたは少し寂しくなる。レースの華奢なガーターベルトが外され、滑らかなシルクのストッキングが下ろされる。あなたの白い肌に、下着の痕《あと》が赤く残る。

就寝前にヤンはあなたをもう一度バスタブに入れた。透き通った湯からは、さっきとは違う香りがした。

「気持ちが落ち着いてゆっくりと眠れますよ」ヤンが説明した。

「ねえ、あれで誰が私を覗いているの？」あなたは浴室の天井のビデオカメラを指してヤンにきいた。

「いずれわかりますわ、奥様」ヤンはスポンジであなたの肌をこすりながら、顔を上げずに答えた。

入浴が済むと、ヤンはあなたに夜着を着せた。下着が裾から覗くほど丈の短い、体が透けて見える白い夜着を。

「今夜はお疲れになったでしょう？　ゆっくりとお休みください、明朝また私が起こしにまいりますから」

ヤンはあなたの首筋に夜のための香水を振り掛けた。

あなたはベッドに入った。頭が沈み込むフワフワの羽毛の枕。糊の利いたシーツの冷たさが火照《ほて》った肌に心地よかった。

「何か困ったことがあれば何時でも構いませんから、そこの電話で呼んでください。それでは奥様、お休みなさい」

ヤンはそう言うと、サイドテーブルの上の明かりを残し、他の明かりをすべて消し、頭を下げて部屋を出て行った。

もう何も聞こえない。あなたは残された明かりを消し、顎《あご》まで毛布を引っ張り上げて目を閉じた。

5

　あなたはなかなか寝付けない。何度も何度も寝返りを打つ。薄い夜着が体に纏《まと》い付く。

　恐る恐る目を開けて、天井のビデオカメラを探す。それは暗がりの中に微かにレンズを光らせている。

　今も私は見られているのだろうか。

　レストランで若い男に寄り添っていた女や、カクテルラウンジで男に抱きついて踊っていた女、その暗がりで男と唇を合わせていた自分よりも年上の女のことを、あなたは思い出す。

　ベッドから起き上がって裸足《はだし》のまま窓辺まで歩く。足の裏を心地よくくすぐる柔らかな絨毯の感触。大きな窓を覆った厚いカーテンを開ける。月の光がさっと部屋の中に流れ込み、すべての物の影を床に投げかける。暗闇の中から様々な物が浮かび上がる。窓辺に立つあなたの姿が、クロゼットの大きな鏡に映っている。下着が透けて見える扇情的な夜着に身を包んだ、年を取り始めた女。

　客を送り出した後の娼婦のようだ。あなたは思う。

　背の高い電気スタンドを点け、クロゼットの扉を開ける。下着入れの蓋を外す。中には色とりどりの下着がぎっしりと詰まっている。それをひとつずつ開いて絨毯の上に並べてみる。

　機能性よりも、優雅さや、エロティックさや、男の視線を意識して作られた下着の数々。シルク、ナイロン、コットン、ビニールやレザーや、金属製のものもある。砂漠の砂のような色や、南の国の海のような色。東南アジアの市場に並んだ果物のような鮮やかな色。ピアノのような黒。自然界には存在しないような完全な白。レースとゴムと紐とワイヤーとたくさんの小さな金具。

　あなたは黒くて薄い革の下着を選び出した。薄い夜着を脱ぎ、白い下着を脱ぎ、全裸になって、それを体に着けてみた。柔らかな肌触り。革の匂い。それはあなたのサイズにぴったりと合う。まるであなたの体の一部。あなたの皮膚。しっとりと、肌に吸い付くよう。

　つやつやと光る、柔らかな黒い革のショーツとブラジャーを着けて、鏡の前に立つ。

鏡に向かって娼婦のように笑ってみる。ベッドに入る前にヤンが首筋につけていった香水の甘い香りがあなたを包み込む。

革のブラジャーに覆われた自分の乳房に、目を閉じてそっと触れる。軽く揉んでみる。

遠い昔に忘れていた感触を微かに思い出しそうになる。

鏡台の小さな引き出しを開けると、中には化粧品がぎっしり並んでいた。その中からルージュを一本取り出して、唇になすり付ける。真っ赤な口紅。鏡に映ったあなたが笑った。

部屋の中央まで歩いて行って、ビデオカメラの前に立つ。部屋の中のすべてのビデオカメラがあなたを見つめる。

背筋を真っすぐに伸ばし、片手で髪を掻《か》き上げ、濡《ぬ》れたように光る唇を微かに開いて、少し媚《こ》びてポーズを取ってみる。男性雑誌のグラビアの女たちや、旅行会社の南の島のポスターの中の女たちのように。さっき乳房で感じた感触が、ゆっくりと子宮に降りてくるのがわかった。

下腹部に張り付いた小さな革のショーツの中に、あなたはそっと手を差し込む。薄くなり始めた性毛を掻き分けて、中指の先で陰部に触れてみる。微かな潤み。

あなたはゆっくりとベッドに倒れ込んだ。

6

私は待っている。堅い茶色の殻を破って、蝶が羽化してくるのを待っている。

濡れた皺くちゃの羽をした蝶が、懸命にもがきながら蛹《さなぎ》から抜け出て、その美しい羽や繊細な触角をゆっくりと開いていくのを待っている。

外はまだ薄暗い。さっきようやく最初の鳥が鳴き始めた。まもなく太陽が森の稜線《りょうせん》を輝かせながら昇り、この館全体をうるさいほどの鳥たちの声が包むだろう。

私は待っている。毎朝、こんな時間にだけ蝶は羽化する。細い脚を突っ張り、力を振り絞って蛹から抜け出し、濡れた羽をようやく開き終え、今まさに羽ばたこうとするその瞬間の蝶を、私は捕らえて標本にする。まだ一度も飛んだことのない、ひとつの傷もない蝶だけが私の標本になる。

羽ばたいてしまってはもういけない。それでは羽を彩る鮮やかな鱗粉《りんぷん》が落ちてしまう。

毎朝、毎朝、生まれたばかりの蝶を捕らえて私は殺す。使われなかった羽を持つ蝶を殺す。それはまるで初潮がきたばかりの処女を犯すようだ。

蛹の頭が割れ始めた。その割れ目から、二本の触角がピンと飛び出した。細かい産毛に覆われた体が覗く。震えている。

私は机の引き出しからシアン化カリの小瓶を取り出す。その蓋を開けながら、獲物を狙う豹のように、蛹から抜け出す蝶を見つめる。


ヤンがあなたを起こすために部屋を訪れた。あなたが昨夜カーテンを開け放したままの部屋の中は、眩《まぶ》しいくらいの朝の光に満ちている。

ヤンが入って来て、あなたは初めて目を覚ました。誰かに起こされるまで眠っていたなんて、信じられない。眠い目をこすってベッドから体を起こす。鳥たちのさえずりが聞こえる。絨毯の上には、昨夜あなたが脱ぎ捨てた薄い半透明の夜着と白い下着が転がっている。あなたは黒い革の下着を着ている。そのことを思い出して赤面する。けれど、それについてヤンはあなたに何も言わない。

「奥様、おはようございます。よく眠れましたか？」

ヤンは何事もなかったかのようにあなたに声を掛け、床に散らばった夜着と下着を洗濯袋の中に入れた。

「朝食をお持ちしました。ベッドでお召し上がりになりますか？」ヤンがきき、「ええ、そうするわ」と、声が不自然にならないように注意しながらあなたは答えた。革の下着をヤンに見られたことを恥ずかしがっている。どうしてあのまま眠ってしまったのかしら？　きっとあの強いカクテルのせいだわ。

ヤンはあなたの剝き出しの肩にタオル地のローブを羽織らせて、それからベッドの上に食事の載った大きなトレイを置いた。レタスとトマトのサラダとコンソメスープ、焼きたてのロールパンと熱いコーヒー、スクランブルドエッグとミルクとオレンジジュースとヨーグルト。それに食べやすい形に切ったパイナップル。銀のフォークとナイフとスプーンが光っている。

「お食事が終わったら電話で知らせてください」そう言うとヤンは出て行ってしまう。

あなたは少しホッとする。

鳥の声が聞こえた。

開け放した窓の向こうでは森全体が輝いている。

どこまでも続く森。タイルを敷き詰めたような緑のグラデーションが果てしなく広がっている。小枝の先が朝の光を反射して鮮やかに閃《ひらめ》き、梢を吹き抜ける夏の風にそよいでいる。

背中に重ねた羽毛の枕に寄り掛かり、光の中であなたはゆっくりと食事をする。熱く濃いコーヒーを啜《すす》り、温かいロールパンを千切ってバターを塗る。ミルクの香りのする柔らかなパン。

鮮やかな色があなたの爪で光る。それであなたは、また昨夜のことを思い出した。そっと右手の中指の匂いを嗅いでみた。あなたは一人で赤面する。こんな匂いがするなんて今まで気がつかなかった。夫は知っていたのかしら？

毛布の裾からそっとつま先を出してみる。その爪も手の爪と同じ色に光っていた。中指をナプキンで拭い、パンをかじる。琥珀《こはく》色の透き通ったスープをスプーンで掬《すく》って口に運ぶ。

どうです、とてもおいしいでしょう。シェフの自慢のスープです。

こんなにゆっくりと一人で朝食を摂るのは生まれて初めてだとあなたは思う。

ゆっくりしてください。あなたはいつも忙しかったのだから。

食事を下げに来たヤンが、今日はとても天気がいいからプールで泳いではいかがですか？　と言った。

「中庭に大きいプールがあるんですよ。トロピカルカクテルを飲みながら日光浴をなさったら気持ちがいいですよ」

「そうね。でも、水着になるのが恥ずかしいわ」

「恥ずかしいことなんてありません。奥様はとてもお綺麗でいらっしゃるし、こんな日にはみなさんプールでおくつろぎになるんですから」

「水着になるのなんて、もう何年ぶりかしら？　私に合う水着なんてあるの？」

トレイをキャスター付きのコースターに載せてから、ヤンはクロゼットを開け、中からいくつもの色鮮やかな水着を取り出してベッドの上に並べた。派手なプリントの水着、緑やピンクやオレンジやレモンイエローの蛍光色、エナメル、水玉模様、白、金色、銀色。ベルベットやビニール。毛皮まである。

「お店が開けそう」あなたは笑いながら言う。「そのクロゼットには本当に何でも入っているのね」

「これなんかいかがでしょう？　きっとお似合いになると思います」ヤンがあなたに広げて見せたのは、豹柄のとても小さな水着。ガソリンスタンドの壁に貼ってあるポスターの女たちが着ているような、アニマルプリントのビキニ。

「そんな派手なのは着られないわ」とあなたは言う。夫がいたら殺されてしまう。あの人は私が派手な恰好をするのをすごく嫌がった。

けれどもう、ヤンは決めている。

「恥ずかしいわ」

「大丈夫ですよ、奥様」

ここは特別な森の中なのだから。

館の中庭にあるプールはあなたが思っていたよりもずっと大きかった。木々に囲まれた、複雑な曲線を描くブルーのプール。透き通った水。プールの中にいくつかの小さな島があって、そこにも背の高い木々が茂っている。プールサイドの白いタイルと、短く刈り込まれた緑の芝生。立ち並ぶ何十本ものビーチパラソル。

「とても素敵です、奥様」

ヤンが選んだビキニを着てプールサイドに現れたあなたにペロが声を掛けた。ペロは筋肉の浮き出た陽に焼けた体に小さな競泳用の水着をまとっている。筋骨隆々といった感じではないけれど、無駄な肉がなくて、とてもしなやかな体つきだ。昔、南の島で見たドッグレースの犬の肉体をあなたは思い出す。ペロはきっととても速く走るのだろう。

「素敵です、奥様」恥ずかしさに屈み込みそうになるあなたに、ペロはもう一度言った。

「恥ずかしいわ」あなたはプラチナの大きなイヤリングをし、腕にはブレスレット、足首にはアンクレットを巻き、踵の高いサンダルを履いている。

「恥ずかしがることはありません。見てください。みんな同じです」ペロに言われて辺りを見渡す。そこでは何人もの年を取った女たちが、あなたに負けないくらい派手な水着に身を包み、肌を露出させ、派手なアクセサリーを強い陽射しに光らせながら、歩いたり、泳いだり、プールサイドのタイルやチェアーの上に寝そべったりしている。どの女も、ペロのようなしなやかな肉体を持った若く美しい男を従えている。

白いエナメルのブラジャーを外してシートに寝そべり、背中にオイルを塗ってもらっている女。三段にも四段にもだぶついた下腹部を折り曲げてチェアーに腰かけ、笑いながらカクテルを飲んでいる黒いビキニの女。男に抱きかかえられてプールの中で戯《たわむ》れるオレンジ色の水着の痩せた女。カメラを向ける男に向かってポーズを取る女、サングラスを掛けた、金色の水着の、髪の赤い頬の弛《ゆる》んだ女。

「奥様は素敵です。自信を持ってください」

ペロに誉《ほ》められて、あなたはまた少し赤くなる。

グリーンの水着を着た老女が、骨張った腰を振りながらプールサイドを歩いて行く。ゆっくりと脚を伸ばして、一歩一歩脚を踏み出す。連れの男に嬉しそうに手を振っている。

「何かお飲みになりますか?」

「任せるわ」

あなたは昨夜も、ペロに任せると言った。そう、ペロに任せておけば間違いはありません。

ペロがプールサイドのバーに向かって歩いて行く。あなたはパラソルの下のチェアーに腰掛けて脚を組み、ペロの引き締まった尻を見ている。水着になるとペロの優雅さは一段と引き立って見える。しなやかな身のこなし。本当に獲物を追いかける獣のようだ。

きょうのあなたのマニキュアは、アクセサリーと合わせたシルバー。さっき部屋で水着に着替えた後、ヤンが一本一本塗ってくれた。サンダルの先から覗く爪先のペディキュアを眺める。

プールサイドには年を取った女たちの笑い声が満ちていた。プールサイドだけではない。この館の中は女たちの笑い声でいっぱいだ。

ペロが両手にグラスを持って戻って来た。ブルーとグリーンの液体の入ったグラス。遠くからあなたに笑い掛けた。あなたはペロに手を振って笑い返す。プラチナのブレスレットが、細い肘《ひじ》まで滑り落ちた。

プールから出て部屋に戻り、熱いシャワーを浴びた後、あなたはヤンに部屋着を着せてもらい、ソファに腰を下ろした。そこにペロがビデオテープを持ってやって来た。

　あなたはペロを見て体を固くする。恋人を部屋に迎え入れる少女のようだと思い、それからそんな馬鹿げた考えに苦笑する。脚を組む。煙草に火を点ける。あなたの髪はヤンがかけたドライヤーのおかげですっかり乾いている。

「そのテープは何？」

「さっきプールで撮影したビデオです。ワインでも飲みながら一緒に見ましょう」ペロは白い歯を見せて笑った。棚からワイングラスをふたつ取り出す。

「いつ撮影したの？」あなたは驚いてきいた。ペロは笑っているだけ。答えない。

　ペロはヤンに、もう下がっていいと言うと、部屋の隅のビデオデッキにテープを押し込んだ。モニターのスイッチを入れる。

　エアコンディショナーからの乾いた風が、あなたたちの火照った肌を心地よく冷やしていく。あなたは脚を組み替え、灰皿に煙草の灰を落とす。

　ザラザラとしたモニターの画面が突然明るいプールサイドの風景に変わった。水蒸気に覆われた水色の空と、聳《そび》え立つ何本もの木々。細かく波立つプールの水面が光り、緑色の葉が何枚か落ちて漂っている。画面の左から、派手な豹柄のビキニを着た中年の痩せた女が現れ、若く美しい男に手を取られて歩いて行く。男の優雅でしなやかな身のこなし。それに比べて女のほうは恥ずかしそうに少し猫背になっている。歩き方もぎこちない。体中に着けたプラチナのアクセサリーが明るい陽射しにきらめく。

ペロがグラスにワインを注《つ》いだ。黄金色をした液体がワイングラスの中で光りながら揺れる。銀色のマニキュアをしたあなたの指がグラスの脚をそっと支える。

モニターの中の女は楽しそう。笑っている。男に誉められて、背筋を伸ばす。チェアーに脚を伸ばして座り、ブルーのトロピカルドリンクを飲んでいる。ストローにルージュが付く。男にサンオイルを塗ってもらっている。肌が輝く。風に靡《なび》く髪を掻き上げる。もうそれほど恥ずかしがってはいない。ゆっくりと腰を振りながらプールに向かう。アンクレットをした足の先をそっと水の中に入れる。少女のように冷たいとはしゃいでいる。水に入り泳ぎだす。その姿をビデオカメラが追う。プールの中央で振り向いて男に手を振る。プラチナのブレスレットが光る。

少し化粧が濃すぎるとあなたは思う。

「どうです、とても素敵でしょう?」あなたの目を見つめてペロが笑う。

ペロは私をどう思っているのかしら、と一瞬思い、そう思ったことに赤面しながらあなたは恥ずかしそうに笑い返した。

7

夜になれば、今夜もあなたは着飾って、ペロに手を取られてレストランに向かう。この森の中には、もう辛《つら》いことや悲しいことはないのです。あなたは心ゆくまで残りの人生を楽しめばいい。私たちに残された時間はそんなにはないのだから。

今夜もペロはあなたのために肉のない料理を注文するだろう。そしてそれに合ったおいしいワインを選ぶだろう。あなたは、もう戸惑ったりはしないだろう。あなたはじきにここでの生活に馴れてしまうだろう。人はすぐに何にでも馴れてしまうものだから。

胸を締め付けるブラジャーにも、レースのガーターベルトにも、手触りのいいシルクのショーツにも、あなたはすぐに馴れてしまうだろう。ペロにも、ヤンにも、そして、あなたを見続ける天井のビデオカメラにもすぐに馴れてしまうだろう。

あなたは今夜は昨夜よりたくさんお酒を飲むだろう。そして、昨夜よりたくさん酔うだろう。若くして死んだ息子さんのことも、もうそんなには思い出さなくなるだろう。一日ごとに彼を思い出す時間が少なくなっていくだろう。それは、生きている者にとって、大切なことなのです。

食事が終われば女たちは踊る。男たちに抱かれて踊る。もう今夜はあなたも踊ることができる。ほかの女たちのように、力強い腕に導かれ、ハイヒールを鳴らし、スカートの裾を翻して踊ることができる。酔っ払ってペロに寄り掛かることもできる。ペロに抱きかかえられて部屋まで運んでもらうこともできる。

そしてあなたは今夜も、一人の部屋のビデオカメラの前で、扇情的な下着を選んでそれを身に着ける。今夜はあなたはどれを選ぶのだろう？　肌が透けて見えるナイロンの下着？　それとも、真っ赤なシルクの下着？　あるいはレースのフリルの下着？　ビデオカメラの前でポーズをとる。ひざまずく。髪を搔き上げる。ベッドに横たわる。そしてブラジャーを外してみせる。乳房を揉んでみせる。声を漏らしてみせる。ビデオカメラの向こうにいる誰かのために。

8

ここでの生活にあなたは馴れた。毎日迎えに来るペロにも、身のまわりの世話をするヤンにも、黒や深紅の下着にも、レースのガーターベルトにも、体を締め上げるブラジャーやコルセットにも、丈の短い透き通った夜着にも、金や銀や赤や黒のペディキュアにも、若い男に囲まれた着飾った女たちにも、そして、寝室や浴室の天井でいつもあなたを見つめているビデオカメラにも。

あなたは、もうすっかり馴れた。

時々ベッドの中で、死んだ息子のことを思い出して、また涙することもあるけれど、それでも、今すぐに自分も死にたいとは思わなくなった。もう少し生きていてもいいかな、そう思うようになった。

蝶を展翅板《てんしばん》に整え終えると、私は標本室を出て、ソファに腰を下ろした。テーブルの上に置いたボトルの酒をグラスに注ぐ。

ボトルの中では、中国で採集される巨大な蛾《が》の幼虫が四匹、ふやけて黄ばんだ肌をアルコールに浸されて漂っている。私はグラスに唇を付ける。芳醇な香りが私を満たす。

明かりを消し、厚いカーテンを閉めた部屋の中は、降り続ける雨のせいでまだ薄暗い。

昨夜からの雨はやむ気配もない。窓ガラスに大粒の雨が音を立てて叩き付けられる。もう、最上階のこの部屋の窓からも森の稜線は見えないだろう。真夏の雨に外のすべては煙っているはずだ。

私はリモコンを取り上げると、そのスイッチを入れた。

壁いっぱいに並んだいくつものモニターの画面が一斉に映像を映し出した。暗い部屋が青白い光に照らされる。

グラスの酒を口に含み、モニターの中の女たちを眺める。雨の日の、遅い朝の女たち。各部屋に取り付けられたビデオカメラは、この館のすべての部屋の映像をここに送り込む。

女たちはもちろん、見られていることを知っている。彼女たちの何人かは夜になれば、それぞれの部屋の天井の四隅に取り付けられたビデオカメラに向かって媚態《びたい》を演じてみせてくれる。ある女は体に纏《まと》ったものをゆっくりと床に落としていきながら、ストリップをしてみせる。また、ある女は淫《みだ》らな下着姿でベッドに横たわり、自分の胸を揉んで悶《もだ》えてみせる。そしてそれが、女たちをますます美しくさせる。

こんな雨の朝には、女たちは食事と入浴を済ませ、それぞれの部屋でくつろいでいる。もう一度ベッドに戻ってまどろんでいる女がいる。メイドにマニキュアを塗ってもらいながらテレビを見ている女がいる。ロッキングチェアーに揺られながら、新聞に目を通している女がいる。冷やしたワインを運ばせて、男と一緒にそれを飲んでいる女がいる。

二階の一番西側の部屋の女は、男と全裸でベッドに入っている。ほっそりとした男の体にしがみつき、淫らに身を悶えさせている。

女は五十五歳になったばかり。この館に来てもう三年になる。彼女も最初は不安そうだった。けれど、今ではここの生活にすっかり馴れて、毎日楽しそうに暮らしている。私は彼女を見るのがとても好きだ。ここに来てから彼女はとても若返った。そして、とても美しくなった。

女のまばらな性毛の上から、男は股間を執拗に愛撫《あいぶ》している。時々、女の萎《しな》びた乳首を吸う。

あなたは、思い出すことができただろうか？　人を愛するという感覚を。愛されるという感触を。それを、忘れてはいけないのです。思い出さなくてはならないのです。

男の強くしなやかな指先が、女の敏感な部分に触れる。女は痙攣《けいれん》したようにのけ反り、枕に後頭部を埋《うず》めて声を上げる。

私はグラスにもう一杯、ボトルの中の酒を注ぐ。わずかに黄色味がかった透明な液体。グラスの中に幼虫の小さな触角が流れ込んで漂う。

私はあなたの部屋のモニターに目を移す。あなたは今、ベッドに寝転んでヤンにマッサージをしてもらっているところだ。

雨が音を立てている。森の緑も雨に霞《かす》んでいる。雨の音の他には、あなたの肌を滑るヤンの掌の音しか聞こえない。

あなたは熱いお風呂で火照った体を、大きなベッドに横たえている。痩せて骨張った少年のような尻を、シルクの下着に包んだだけの恰好で俯《うつぶ》せになっている。

雨のせいで部屋の中は薄暗く、ヤンの点けた電気スタンドの明かりが、部屋の壁を染めている。

あなたの骨張った背中に、ヤンがローションを塗り付ける。香りの強いローションン。それが肌に吸い込まれていく。

ローションの色と香りは毎日変わる。きょうの色は乳白色。そして、スズランの甘い香り。ヤンの華奢な掌が、それを背中全体に塗り広げていく。ゆっくりと、ゆっくりと。

ヤンはこうして毎日、入浴後のマッサージをする。あなたは、今ではそれがとても楽しみだ。顔を柔らかな羽毛の枕に沈め、目を閉じて背中を撫でるヤンの手の動きに集中している。ヤンのしなやかな手が、あなたの脇腹を撫で上げ、体の奥の筋肉が微かに震える。あなたの指は無意識のうちにシーツを握り締めている。

背中から腰、脚の付け根、太股の裏側、ふくらはぎ、足首、足の裏へとヤンの掌は移動していく。それは恋人を愛撫する男の手のよう。しなやかに、あなたの肌に絡みつく。

俯せのあなたにローションを塗り終えると、ヤンは今度はそれを舌で拭っていく。

そう、そのローションは香りだけではなく、味までも甘い。

最初の日、あなたはそれに驚いた。けれど、もうその行為にも馴れた。猫のようなザラザラとした、それでいて滑らかなヤンの舌があなたの体中を這う。毛穴のひとつひとつを確かめるように、ゆっくりと嘗めていく。背中から腰へ、そして太股へ。

あなたの体はやがてそれに応えるようになるだろう。少しずつ、少しずつ、あなたの体は思い出していくだろう。遠い昔、恋人の腕に抱かれて眠った頃の感触の記憶を少しずつ蘇《よみがえ》らせていくだろう。

「大丈夫、疲れない？」あなたはヤンにきいた。

「大丈夫です。お気になさらないでください、奥様」あなたの皮膚から舌を離して、そうヤンは言った。

太股の付け根の部分にヤンの舌が這う。ヤンの暖かな息。あなたの下腹部は薄いシルクの布越しにそれを感じる。ヤンが嘗めやすいように、俯せのまま少し両脚を広げる。

ヤンの舌は、性器を覆った薄いショーツのステッチを押し上げて中に入ってきた。

性毛の生え始めている辺りをしばらく嘗めた後、信じられないほど長く伸びた舌先が、敏感な部分に触れた。忘れかけていたその感触に、あなたは思わず腰を震わせ、羽毛の枕の中に声を立てた。

それは、とても小さく微かな声。けれど、ヤンは決してそれを聞き逃したりはしないし、あなたの腰の筋肉のわずかな震えを見逃したりはしない。

あなたはこうして思い出していく。永い空白を少しずつ埋めていく。

体の裏側を嘗め終えると、ヤンが体を抱え、あなたは今度は仰向けになる。えぐれるほどにへこんだ下腹部が静かに上下する。天井のビデオカメラが目に入る。あなたはそれをじっと見つめる。

胸に、腹に、臍《へそ》の周りに、ヤンは乳白色のローションを塗っていく。あなたは両腕を真っすぐに伸ばし、ベッドの縁に手を掛けて目を閉じる。

9

その目はいつもあなたを見つめている。

夜中に目を覚ました時。読んでいる本からふと目を上げた時。服を脱いで裸になった時。シガレットケースから煙草を取り出して口にくわえた時。ヤンに体を洗ってもらっている時。一人で窓から森を眺めている時。

不思議なことに、覗かれているという気はしない。いつでも、恋人のように、あなたを見つめている。

こんなに見つめられるのはいつ以来だろう？　ずっと昔、まだ若かった頃には、そんなこともあった。けれど、それはもう、遠い昔。

「ねえ、ビデオカメラの向こうには誰がいるの？」

あなたは時々、きいてみる。ヤンに。あるいはペロに。

「いずれおわかりになります、奥様」

彼らは決まってそう答える。

一人で部屋にいる時、煙草の煙をくゆらせながら、あるいはベッドに入る前、あなたは時々、天井のビデオカメラに向かって話し掛ける。

「いったい誰なの？　そこで私の何を見ているの？」

もちろんカメラは答えない。

けれど、あなたはその視線のためにきょうも化粧を整え、ドレスを着、アクセサリーで飾り立て、そして微笑みかける。あるいは、夜着を脱ぎ、扇情的な下着に身を包んで体をくねらせる。

「会いたいわ」そうつぶやく。


レストランでのディナーの後、あなたはカクテルラウンジでペロに言った。

「あの人に会わせて」

あなたたちはカウンターに並んで腰掛けて、いつものようにカクテルを楽しんでいた。あなたの今夜のカクテルは、たっぷりのオレンジジュースにライトラムで香りをつけたロングドリンク。

「どうしても、会いたいの」

「誰のことです？」知らないふりをしてペロは意地悪そうに笑う。

「ビデオカメラの向こうでいつも私を見ている人よ。誰なの？」

いつもなら、ペロもヤンもその問い掛けには答えない。

けれど、時は熟した。あなたは成長した。

「どうしても、知りたいですか？」

「知りたいわ」

ペロは相変わらず微笑んでいる。もったいをつけてカクテルを飲む。

「教えてほしいの」あなたは食い下がる。

「それでは、お教えしましょう。あのカメラの向こうにいるのは、この館の主人です」

オレンジ色のマニキュアをした指で、あなたはペロの指に触れている。カウンターの上にそっと置かれたペロの指に、あなたの指が絡まっている。今では何のためらいもなく、あなたはそうすることができる。

「そんな人がどうして私を見ているの？」あなたはきいた。「そんなことをしてもいいと思っているの？」甘いカクテルを口に含み、飲み下してから細い煙草をくわえる。ペロの手がさっと伸びてそれに火を点ける。

「前にも奥様に言ったことがありましたね。奥様たちは見られることが必要なのです。見守られ、視線を意識することが必要なのです」

ゆっくりとしたテンポの音楽が流れている。昔、どこかで聞いたことのあるワルツ。中央のフロアでは、いつものように女たちが男たちに抱かれて踊っている。ここでは、毎日、何も変わることはない。

「その人に会うことはできるの？」あなたはペロの目を見つめて言う。煙草を大きく吸い込み、それからオレンジ色のカクテルを飲み干す。

「主人は誰とも会いません。けれど、奥様なら、ひょっとしたら会うことができるかもしれません」ペロはそう言ってまた笑い、それからあなたに別のカクテルを注文した。

「私なら会えるの？」

「かもしれません」

10

郵送されてきた小さな木箱をドライバーでこじ開ける。湿った大鋸屑《おがくず》の匂い。指にしっとりと纏《まと》い付く茶色い木屑の中を探る。柔らかなものが指に触れる。私はそれをつまみ出す。指の間では、テッポウムシと呼ばれるずんぐりと太ったカミキリムシの幼虫がもがいている。

軽く大鋸屑を払うと、私は透き通ったボトルの中に幼虫を落とす。ボトルの中には濃いアルコールが満ちている。

私の指を離れてアルコールの中に沈んでいく白い肌の幼虫。気泡を身に纏い、苦しそうに軀《からだ》をくねらせている。

ボトルの底に沈んだ幼虫は、しばらくは生きている。ボトルから這い出そうとしてガラスに爪を掛けて立ち上がる。柔らかな腹に付いた突起がガラスに吸い付く。鋭い牙でガラスを突き破ろうとする。

けれど、やがて幼虫は力尽き、ボトルの底に静かに横たわる。まだ脚を閉じたり開いたりしている。時々、痙攣するように震える。

私は大鋸屑の中から別の幼虫をつまみ出し、前と同じように細い瓶の口からアルコールの中に落とした。


壁に並んだいくつものモニターを眺めながら、私は今夜も蛾の幼虫の酒を飲む。

モニターに映し出される、すっかり酔って部屋に戻った女たち。出て行こうとする男を扉のところで呼び止めて、唇を求める女。男の体に抱きついてベッドに誘う女。男に下着をはぎ取られ、ベッドの上で悶える女。メイドにドレスを脱がしてもらいながら、何かを懸命に話し掛けている女。テレビを見ながら笑う女。棚のウィスキーを楽しむ女。あるいは一人でソファにもたれて静かに煙草を吸う女。

モニターの中にはあなたの姿も見える。あなたは部屋に戻ってヤンに夜着を着せてもらいながら、ペロの言ったことを思い出している。

「ここの主人に会えるかもしれないの」あなたはヤンに言った。

「そうですか？　普段は誰とも会わない方なんですけれど」ヤンは手を休めずに言う。「会いたいのですか、奥様？」

「ええ、会いたいわ。ねえ、どんな人なの？」

ヤンはあなたのドレスをクロゼットに戻し、汚れ物を洗濯袋に押し込みながら、

「優しい方ですよ」とあなたに伝えた。

「とても物静かな紳士です」

そして、あなたは私のことを考える。ヤンが部屋の明かりを消し、お休みなさいと言って部屋を出て行ってから、あなたは天井のビデオカメラを見つめる。その向こうにいて、いつも自分を見ている者について考える。ペロのように優雅で、ペロのように野性的なしなやかさをもった者について考える。

あなたは今夜もそっとベッドから体を起こし、そっと髪を掻き上げる。

さあ今夜も、私にあなたを見せてください。

あなたはベッドから出ると、明かりを点け、いつものようにクロゼットに向かう。下着入れを出し、しばらくいろいろな下着を手に取って考え、今夜は毛皮の下着を身に着ける。白くて小さなウサギの毛皮を、革の紐でつないで作った下着。夜着を脱いでそれを着ける。腰のところでショーツの紐を結び、背中に腕をまわしてブラジャーの紐を結ぶ。

白い毛皮とオレンジ色のマニキュアの対比がとても綺麗だ。オレンジ色の口紅を塗る。顔を上げてカメラを見る。

さあ、カメラに向かって真っすぐに立ってみてください。両腕を高く上げて、一歩踏み出してみてください。この深い森の中では、誰もが自由だ。

今夜私は、いつもより少し多く酒を楽しむ。ボトルの中で幼虫たちが揺れる。

嬉しい。間もなく私はあなたに会える。

11

「奥様、主人がお会いになりたいそうです」

ある日、部屋にやって来たヤンが言った。アイラインで強く縁どった大きな目で、いつものようにあなたの目を真っすぐに見つめて。

「お会いになりますか？　それとも、お断りいたしますか？」

「会うわ」あなたは即座にそう答える。

「わかりました」ヤンはまたあなたの目を見つめた。黒くて大きな瞳が潤んでいる。悲しそうに。ヤンはどうしてそんな目をするのだろう、あなたは不思議に思う。

「それでは主人に、そう伝えましょう」

それだけ言うとヤンは部屋を出て行った。

あなたはソファに腰を下ろし、シガレットケースから煙草を出してくわえた。

「ようやく会える」天井のカメラに微笑んでみる。

12

夥《おびただ》しい数の昆虫の標本が並ぶ私の部屋。そこであなたは私に会う。

羽根を広げて留まる何千匹もの昆虫が、部屋の壁をびっしりと埋め尽くしている。その多くは蝶や蛾などの鱗翅目《りんしもく》だが、カブトムシやオサムシなどの甲虫目や、蟬《せみ》などの半翅目、蜂や蟻《あり》などの膜翅目、ハエなどの双翅目などが分類されて大小さまざまなケースに入れられている。

「初めまして」私はあなたを迎え入れた。

あなたは私のコレクションの前に立ち尽くしている。

「驚いた。ものすごい数ね」あなたはようやく口を開いた。壁の前に立って、ゆっくりと見てまわる。棚にはたくさんのアルコール標本が並んでいる。瓶の中でふやけて変色した何百種類もの幼虫と蛹。

「ええ、何十年もこればかりやっていたものですから」

私たちはソファに向かい合って座り、私はふたつ並べたグラスに酒を注いだ。私のグラスには蛾の幼虫の酒を、あなたにはブランデーを。あなたは私の手の動きを見ている。細く尖《とが》った私の指。私の手はペロのようにしなやかですか？　ペロのように優雅ですか？

あなたはグラスに唇を付け、舌の先で少し嘗めてからそれを口に含んだ。

「そのお酒は何？　中に入っているのは何？」

私のグラスとボトルの中の幼虫を見つめてあなたはきいた。

「これは中国の蛾の幼虫です。とても体にいいんです」

「そう。何だか気味が悪いわ」

「ここでの生活はいかがですか？」

「とても素敵よ。楽しいわ」

「そうですか、それを聞いて安心しました」

「あなたがここの主人なの？」

「そうです」私は答え、酒を口に含んだ。あなたは眉《まゆ》の間に皺を寄せて私の口元を見つめる。

「苦《にが》そうね」

「いいえ。苦くはありませんよ」

あなたは今朝ヤンに着せてもらった、麻のスーツを着ている。綺麗に揃えられた形のいい脚が私の前に並んでいる。

「実は私もあなたとは、ぜひ会って話がしたかった」私は言った。

「あなたは誰とも会わないって、ペロが言ってたわ」

「そう、普通は誰とも会いません。けれど、あなたは特別です」

「どうして私が特別なの？」

「それはあなたが、すべてを失ってここに来たからです」私は答えた。「すべてを失った人だけが、また新たに、すべてを手に入れることができるのです」

あなたは壁一面に並んだ昆虫の標本を見ている。冷たく光るガラスの向こうで不自然に羽を広げられ、触角と脚を整えられた虫たちの死骸。

「おっしゃっていることが、よくわからないわ」標本を見つめたまま、あなたは言った。

「いずれわかるようになります」酒を飲み干し、自分のグラスに新たに注ぐ。あなたはまた、その私の手を見つめた。

今夜はペロの代わりに私があなたをエスコートする。私はあなたの手を取り、長い廊下をレストランに向かう。

今夜、あなたは黒のドレス。黒いシルクに金色のアクセサリーの輝きがとても映える。擦れ違うホテルの客たちを私はみんな知っている。彼女たちの名前も、年齢も、生活も。そして肉体までも。けれど、彼女たちは誰も私を知らない。

レストランには今夜もピアノが流れている。そして女たちの化粧や香水の強い香り。人々は顔を寄せ合って、ささやくように話している。蠟燭の灯《ひ》が揺れるテーブルで、私たちは蝦《えび》のムニエルと帆立貝のサラダを食べ、よく冷えた白いワインを飲んだ。

「この建物はあなたが造ったの？」フォークを光らせながらあなたはきいた。

「いいえ」私は答えた。「私の母の父親が造りました」

「ペロやヤンはどうして私のことをよく知っているの？」またあなたはきいた。細い手首に幾重にも巻いたブレスレットを光らせながらグラスを持ち上げ、ワインを飲む。

「私が彼らに教えたのです」

「あなたは私のことを何でも知っているの?」

「何でも、というわけではありません。けれど、たいていのことは知っています。あなたがどういうふうに育ったのかも、どんな結婚生活を送ってきたのかも、どうして離婚したのかも、どうしてここに来たのかも、私は知っています。もしかしたらあなたよりもよく知っているかもしれません」

「まさか」あなたはそう言って笑い、ワインを飲む。口の中にブドウの甘い香りがいっぱいに広がる。ずっと昔、男たちから魅力的だと誉められた八重歯に私が気づけばいいと思いながら微笑み掛ける。


食事の後で、私はあなたを塔に導いた。建物の上に聳《そび》える煉瓦造りの小さな給水のための塔。急な螺旋《らせん》階段を上って、その上に連れて行った。細いヒールが不安定に揺れて歩きにくいあなたの体を、柔らかなドレスに包まれたその体を、私はそっと支えて螺旋階段を上って行く。

塔の上からは建物を囲む森が遥《はる》か彼方まで見える。今夜は星がとても綺麗だ。塔の一番上まで上りつめると、私たちは手摺《てすり》にもたれて、どこまでも続く深く暗い森と、月のない空で輝く星とを見渡した。塔の上では昼間の暑さが嘘のよう。風が吹き抜けてとても涼しい。

「天文学者になりたいと思っていたことがありましたね」私はささやくように言った。

「どうして知っているの？」あなたは驚いてきき返す。

「さっきも言ったでしょう、私はあなたのことならたいていのことは知っているんです」

あなたは苔むした煉瓦の手摺に肘を突いて、遠くを見ている。見えるのは森と星ばかり。地平線の外れまで続く森と、その上で輝く無数の星。他には何も見えない。

「小さい頃、星を見るのが好きだったの。もう何十年も昔のことだけど、その当時はとても高価だった天体望遠鏡を親に頼み込んで買ってもらって、それで毎晩、星を眺めていたわ」

「女の子にしては変わっていますね」

「そうね」

あなたは笑う。「それはとても精度の高い望遠鏡で、土星の環《わ》や木星の縞《しま》もようまで見えたの。いつもいつも星ばかり見ていたわ。長い間星を見てると自分があまりにも小さく思えて、はかなくて、消えてなくなってしまいそうで怖くなったわ」

「それでも星を見続けたんですね」

「ええ。見続けたわ。星を見ているのは怖かったけれど、何だか解き放たれたようで安心できたの」

あなたは森の上を覆い尽くした星を見つめ続けている。いや、本当は何も見ていないのかもしれない。

「望遠鏡を覗いた後は、いつも自分が透き通ってしまうように感じたわ。自分が透明人間になったような気がしたの」

「だけど、あなたは天文学者にはならなかった」

「そう」

「普通の結婚をして、普通に子供を産んで育てた」

「ええ」

「どうして諦めたんですか？」

「わからないわ」

どうしてなんだろう？　あなたは思う。いったい、いつ、それを諦めたのだろう？

けれど、どちらにしても、もう遠い、手の届かない遠い昔のことだ。

「本当に、諦めないで、天文学者になればよかった」

私はあなたの肩をそっと抱いた。細い肩が微かに震えた。そして私の指も。遠くでフクロウの鳴く声が聞こえた。

「これから、なりたいものはありますか？」私はそうあなたにきいた。

あなたは私に肩を抱かれたまま、しばらく考えて、「今ではもう何もないわ」と言った。

フクロウの声がやみ、羽ばたきが聞こえた。小さな獣の悲鳴。きっと、フクロウが今夜の食事を捕まえたのだろう。

あなたは黙って森を見ている。風があなたの髪を揺らす。

私はあなたを抱いた腕に力をこめる。

あなたは驚いたように私を見る。

私はあなたを抱き寄せた。

何十年ぶりかの口づけ。あなたは私を拒まない。私はそれに勇気づけられ、あなたの体を強く抱き締め、もう一度唇を合わせた。

13

建物の最上階の部屋で私はあなたを抱いた。

「明かりを消して」

私は明かりを消し、厚いカーテンの隙間《すきま》から入るほのかな薄明かりの中で、あなたのドレスを脱がせていく。あなたは目を閉じる。そして思い出す。もう決して感じることはできないと思っていた感触を。

私はあなたをベッドにゆっくりと押し倒す。マットが沈み、スプリングが乾いた音を立てて軋《きし》む。

私はあなたに身を重ねる。その軽やかさにあなたは驚く。まるで猫が乗っているよう。しなやかで、軽い。

触れ合う唇。暖かな舌が絡み合う。私はあなたの胸を押し上げていた下着を取り除く。剝き出しになった乳房をあなたは隠そうとする。けれど、それはできない。私がすぐにそこに唇を付けたから。

あなたは声を出さずに、歯を食いしばってのけ反る。尖った爪で、シーツを強く握り締める。

薄い下着の上から、私はあなたの性器に触れる。あなたはビクッと震えて、私の手を摑《つか》む。

私の指はあなたの下着の中に入り込む。

私の指もしなやかでしょう？　ペロの指のように優しく優雅でしょう？

私は濡れて開いた性器の中に、小さく尖った突起を見つける。指先でそれにそっと触れる。その瞬間、あなたは小さな痙攣とともに初めて声を漏らす。

私はその小突起を静かに撫でる。あなたの舌を吸い、もう片方の手で小さな乳房を優しく揉みながら。

あなたは腰を振り、ストッキングを穿《は》いたままの脚を左右に大きく開いて、私の口の中に声を漏らし続ける。一度出てしまった声を、もう止めることができない。

あなたは声を上げる。もう、何もかも忘れて、激しく淫らに声を上げ続ける。私の背にしがみつき、私の肩を強く吸う。私はあなたの髪を摑み、唇を吸いながら、ゆっくりと、しなやかに指を動かし、小突起に刺激を送り続ける。

そうしてあなたは思い出す。ヤンの舌によって思い出しかけていたものを。ずっと昔に忘れていたものを。

本当は忘れてはいなかったのです。忘れたと思い込んでいただけなのです。

あなたたちは枯れない植物です。散らない花です。

あなたは声を漏らし続ける。

けれど私は、今夜はあなたに挿入しない。今はまだその時ではない。

あなたは私の指の動きに淫らな声を上げ続ける。

やがてその声は一段と高く激しくなり、あなたは私の背に強く爪を立て、悲鳴に近い声を上げながら、体を弓なりに反らし、激しい痙攣を繰り返して性的興奮の極に達した。

14

「奥様、今夜はお疲れのようですね」

自分の部屋に戻ったあなたに、ヤンが言った。

ヤンにすべてを知られているようで、あなたは赤くなりながら「そうでもないわ」と否定した。

ドレスを脱がせようとするヤンに、「今夜は自分でさせて」とあなたは言う。下着についた匂いや、体に残っているかもしれないあざを、気づかれたくなかった。

「わかりました」

ヤンは言った。

それを聞いてあなたはまた赤くなった。いつもなら何と言っても、決して自分で着替えをさせたりはしなかったのに。

ヤンが部屋を出て行ってから、あなたはドレスを脱ぎ、下着を外した。そして、下着を洗濯袋に押し込んで、バスルームに向かった。

シャワーを浴びながら浴室の大きな鏡に映った自分の姿を眺める。その体をしなやかに這っていた指や舌を、その感触を、思い出す。

15

翌日も私はあなたを迎えに行く。あなたは今夜も着飾って、私を待っている。

私たちは今夜もたっぷりとワインを飲む。あなたは私に指を絡ませ、潤んだ瞳で私を見つめる。ここに来てから伸ばし始めた爪が、今夜も鮮やかな色に染まっている。

食事が済むと私たちはカクテルラウンジに行って、喉が焼けるように強いカクテルに酔い、他のカップルたちと一緒になって踊った。あなたは私の腕に抱かれて、誰よりもしなやかに踊ってみせた。

あなたは少女のよう。染めたばかりの柔らかな髪を乱し、はにかみながら、ハイヒールを鳴らして軽やかにステップを踏む。

強いカクテルを三杯ずつ飲んだ後で、今夜も私はあなたを誘った。

最上階の私の部屋。夥しい数の昆虫の死骸に囲まれたその部屋で、今夜も私たちは激しく抱き合う。

今夜のあなたはきのうよりも早く、そして多く濡れる。きのうよりも、もっと大胆に声を出す。けれど私は今夜も挿入しない。折れそうに細いあなたの体を抱き締め、乳首を千切れるほど強く吸い、しなやかな指先で刺激を与え続けるだけ。

16

「あなたにお見せしたかったのは、蝶や蛾のコレクションではないのです」

あなたが性的な絶頂に達した後で私は言った。「あなたには私の別のコレクションをぜひ見てもらいたかった」

「別のコレクション？」ベッドに汗ばんだ裸の体を起こしてあなたはきいた。もう少し肉付きがよければ、と夫が時々言っていた痩せた体。あなたはもう一度私の唇を求める。私はルージュが取れて色を失った唇を吸い、その細い髪を撫でる。

「これからお見せしますよ」私はあなたの乳房を愛撫しながら言った。

私は裸のあなたを別の部屋に案内する。鍵の掛かった、厚い金属の扉のある部屋。

「さあ、これを着てください」あなたに毛皮のコートを渡した。シルバーフォックスの丈の長いコート。「この中はとても寒いですから」

「大きな冷蔵庫みたいね」そう言ってあなたは不自然に微笑む。

「いいえ。大きな冷凍庫です」私はあなたの目を見つめて答える。

あなたはまた不安そうな目をしている。素肌の上に毛皮を羽織る。

私はその金属のずっしりと重たい扉を開けた。冷気が床にすうっと流れ出し、私たちの足元を覆った。

私はあなたを導いて、凍りついた冷凍室の中に入った。あなたと私の吐く息が真っ白になって広がる。

明かりを点ける。狭い室内が明るく照らし出される。

辺りを見まわしたあなたは、驚いて息を呑んだ。それから、思わず後ずさった。

そこには、下着姿で眠る女たちがいた。四人の女。一人は椅子に座り、一人は壁際に立ち、一人は床にひざまずき、もう一人は小さな寝台に横たわっている。豪華で艶やかな下着を身につけ、丁寧に化粧を施されている。凍りついたもう若くはない女たち。まるで蠟人形のように、そこに眠っている。

「いやっ……いやっ……」

呻くようにあなたは言う。顔をひどく強ばらせ、さらに何歩か後ずさる。あなたの口から吐き出された息が、煙のように白く広がる。

「大丈夫、怖くはありません」私はあなたの肩を抱いた。「彼女たちは誰に強制されたわけでもなく、自分の希望でこうなったのです」

体を堅くこわばらせたまま、魅入られたようにあなたは女たちを眺め続けている。幻想のように美しい姿。彼女たちは本当に眠っているようだ。

「私はここに毎日やって来て、一人一人に話し掛けます。冷たい頬に口づけをします。もう彼女たちは年を取ることもないし、衰えることもありません。永遠の美しさを主張し続けながら、ここで眠るのです」

あなたはまだ口を開くことができない。震えているのは、寒さのせいですか？　それとも、まだ怖がっているのですか？　厚い毛皮を通して、激しい冷気はあなたの肌にまで届いている。

「いつかは私をこうするつもりなの？」あなたはようやく口をきく。

私は笑う。白い息が広がる。

「あなたの同意もなしにそうするつもりはありません。ただ、あなたにもこういう選択肢があるのだということです」

「でも、標本にするなら、若い女性のほうがいいんじゃないかしら？」胸元に流れ込む冷気を防ごうと、あなたはシルバーフォックスの襟元を凍える指でしっかりと押さえる。

「いいえ、私には若い女性はいらないのです。蝶と人間は違うのですから。蝶は生まれたばかりが一番美しい。それ以上はもう美しくはならない。日ごとに汚れて、色褪《あ》せていくだけです。けれど、ある種の女たちは、年を取ってから美しさのピークを迎える。あなたもその一人です」

壁際に佇む女は背が高い。赤いレースのショーツを穿き、同じ色のブラジャーをしている。真っ赤なルージュを塗り、真っ赤なマニキュアとペディキュアをしている。

床にひざまずく女は白いハイヒールを履き、白いシルクの下着を着て、白いストッキングをガーターベルトで留めている。

ベッドに横たわる女はビニールレザーの黒い下着を、椅子に座る女は薄いナイロンのブルーの下着を着ている。

「何だか、みんな似ているわ」あなたはそう言って、その場にうずくまった。

冷凍室から出た後、昆虫の標本が並ぶ部屋に戻って熱いコーヒーをあなたは飲んだ。冷え切って力を失った体が、少しずつ熱を取り戻していった。

「私にとって、あなたは特別な人です」あなたの向かいのソファに腰を下ろして、私はそう言った。

「あの人たちに似ているから？」

「そう、それもあります。けれどそれだけではない」

「私があなたのコレクションになることに同意すると思うの？」あなたはきく。コーヒーを啜る。

私は答えない。ただ微笑むだけ。

あなたはカップをテーブルに置き、バッグから煙草を取り出した。マニキュアを塗った細い指がまだ微かに震えている。私はライターであなたの煙草に火を点ける。

「時間はいくらでもあります。ゆっくりと考えてみてください」私はそう言い、カップに残ったコーヒーを飲み干した。

17

あなたが部屋を出ていってから、私は再び厚手のコートを着込み、一人で冷凍室に戻った。私の秘密の宝の部屋。凍りついた女たちを一人一人見てまわる。

赤いマニキュアを塗った指のほとんどに大きな石の指輪を嵌めた背の高い女。彼女は五十六歳だった。彼女の体はアクセサリーで埋め尽くされている。皺の寄った細い首に幾重にも巻かれた金やプラチナや真珠のネックレス、ブレスレットとイヤリング。彼女には宝石がとてもよく似合った。

私の美しいコレクション。決して色褪せることのない宝物。

白いシルクの下着を着て床にひざまずく女は五十二歳。とても痩せている。まるで生きているかのように私を誘惑する。彼女はここで一年暮らした後で、私のコレクションに加わることを希望した。

ベッドに横たわる女は五十四歳。黒い髪は艶やかで、一本の白髪もない。彼女にはビニールレザーがよく似合う。椅子に座っている女は五十五歳。それでも、ここでの二年の生活で、十歳以上は若返ったように感じる。透き通った下着の中に、黒い性毛が透けて見える。

冷凍室の奥にはもうひとつの扉がある。

小さな厚い扉。

扉を開けると明かりが点いた。そこはとても狭い。

小さなパイプベッド。その上に、あなたには見せなかった、もう一人の女が横たわっている。

痩せた中年の女。黒いブラジャーと、黒いショーツを着け、黒いハイヒールを履いてそこに横たわっている。

あなたは、女たちがみんな似ていると言った。そのとおり、彼女たちはみんな似ている。けれど、それぞれが似ているのではない。彼女たちはみんな、ある一人の女に似ているのだ。そして、この女こそが、そのオリジナル。私は、この女に似ている女だけを選んでコレクションにしてきた。

ベッドの横にひざまずき、そこに横たわる女の死体を眺める。そこで美しく眠っている特別な女。彼女こそが私にとっての特別な人。

私は黒く塗られた彼女の指に触れた。まるで甲虫の堅い羽のよう。ルージュを施した凍った唇に、そっと自分の唇を触れ合わせる。手袋を外し、柔らかな髪を静かに撫でる。何度も、何度も。

私は段々と彼女の年齢に近づいてきた。もうすぐ、彼女と同じ年齢になり、そして彼女の年齢を超えるだろう。その時、私は自分より年下になった彼女をこうして抱き締めることができる。私には、それがとても不思議に感じられる。

冷気がコートの中に忍び込む。床に突いた膝は痛いほどだ。けれど私は動かない。毎日、長い時間、ここでこうして私は過ごす。特別な女性と一緒に。とても長い時間を。

どのくらいの時が過ぎただろう？　ベッドに横たわる女にもう一度口づけをすると、私はそこを出た。冷え切った脚は、思うようには動かなかった。

冷凍室から出ると、冷え切った全身に、水滴がびっしりと付着するのがわかった。

私はソファに倒れ込み、テーブルの上の蛾の幼虫のボトルを摑む。震える手で栓を開け、それを喉に流し込む。熱い液体が喉を焼きながら流れ落ちていく。

18

自分の部屋に戻ったあなたは、あの信じられない光景を何度も思い出した。

驚くのも無理はない。その光景と私の話は、平凡に生きてきたあなたには強烈すぎた。

窓の外ではまた雨が降り始めた。いくつもの雨粒が窓ガラスを流れ落ちていく。

あなたは電話でヤンを呼んだ。冷えたからお風呂に入りたいと言う。熱いコーヒーも欲しいと言う。いつものようにマッサージもしてもらいたいと言う。

ヤンが来るまでの間、あなたはソファに腰掛けて煙草を吸った。まだ指先が小刻みに震えていた。微かにめまいもした。

しばらくしてヤンがコーヒーを持ってやって来た。「奥様、お顔の色がすぐれませんけれど大丈夫ですか？」ときいた。

「何でもないわ、少し肌寒いだけ、ありがとう」

疲れを知らないヤンの舌が、俯せになったあなたの皮膚を這う。尾骶骨《びていこつ》のところから首まで、あなたの背筋を真っすぐに嘗め上げる。あなたはそのたびに、羽毛の枕を抱きしめて身を震わせる。

熱いコーヒーとジャグジーの湯で、あなたは少し落ち着いた。目を閉じて、ヤンの舌の動きに神経を集中している。ヤンの指が、あなたのシルクの下着をそっと引き下ろす。堅くて滑らかな舌が、尻の割れ目を滑り降りて行き、あなたの肛門に触れる。

あなたはビクッとして、手をまわしてヤンの舌を拒もうとする。

「奥様、動かないでください」ヤンが言う。

尖った舌先で肛門を揉みほぐす。堅く閉じた中に入り込もうとする。

「動かないでください」ヤンが繰り返す。

あなたは両腕で枕を抱き締め、漏れそうになる声を抑え続ける。

19

「どうして私にあれを見せたの？」

真っすぐに私を見つめてあなたは言った。ここに来てから、あなたはこんなにもしっかりと誰かの目を見つめられるようになった。

鮮やかな蝶や蛾の標本が壁一面を飾る部屋。その部屋のソファにあなたと私は向き合って座っている。

「私はあなたが欲しい。だからあなたにお見せしたのです」

「だけど」あなたは言う。「だけど突然あんなものを見せられても決心なんてつかない」また私の目を見つめる。

「それで結構です。私はいつまでも待つことができますから」

私はあなたにワインを勧める。あなたがここに来た最初の晩に、ペロがレストランで注文したのと同じ銘柄。口に含んだ瞬間に味と香りが染み込んでいくような白ワイン。それをあなたのグラスに注ぐ。冷えたワインがグラスに満ち、グラスの表面はたちまち汗をかいて曇った。

「あのビデオカメラで他の女も見ているのね」

「そうです」私は答える。「彼女たちは誰に見られているのかは知らないが、誰かに見られているということは知っている。ペロも言っていたでしょう？　人は誰かに見られることが必要なのです」

「私にも見せてもらえるかしら？」


たくさんのモニターが壁に埋め込まれた部屋。そこにあなたを案内し、私たちは並んでソファに腰を下ろした。

リモコンでモニターのスイッチを入れる。その瞬間、壁中の画面が一斉にすべての部屋の様子を映し出し、薄暗かった部屋がちらちらと揺れる青白い光に包まれた。

今、部屋の住人たちは食後のダンスやお酒を終えて、ようやく各自の部屋に戻り始めたところだ。扉のところで男との別れを惜しんだり、男を部屋に招き入れたり、メイドに入浴の用意をさせたりしている。誰もいないあなたの部屋も、もちろんそこに映し出される。あなたの寝室。あなたの浴室。

モニターのひとつではあなたの隣の部屋に住む女がベッドの上で喘《あえ》いでいる。ベッドに両手と両膝を突いて四つん這いになり、浅黒い肌をした若く美しい男に後ろから抱きかかえられてのけ反っている。あなたよりも少し年上の、太った豊満な肉体をした女。男が後ろから筋肉の浮き出た腕をまわして、女の豊かな乳房を揉みしだく。男の長い指が柔らかな脂肪の中に埋まる。男が腰を滑らかに動かすたびに、女の体に付いた脂肪が揺れる。

あなたはモニターから目を逸らす。

あなたはその晩からビデオカメラの向こうの私に向かって、明確な私という人間に向かってポーズを取るようになる。服を脱ぎ、扇情的な下着姿で私を誘う。

今夜、私の部屋のすべてのモニターの画面は、あなたの部屋だけを映し出している。いくつものモニターの中の、何十人ものあなたを眺めながら、私はソファにもたれてグラスを傾ける。

蝶のようだ。

堅い殻を破って蛹が蝶に生まれ変わるように、あなたもまた生まれ変わろうとしている。

あなたは、やりたかったことのほとんどを、まだしていない。すべては、これから始まる。

髪を搔き上げて、あなたはビデオカメラを見つめる。その瞳が潤んでいるのを私は見る。体を屈めて小さなショーツから細い脚を片方ずつ抜く。脱いだショーツをカメラに向かって掲げて見せる。手を離す。薄いシルクの布は舞いながらあなたの足元の絨毯の上に落ちた。

20

「もう一度、見せて」

夕闇の迫る私の部屋。電気スタンドの明かりが、夥しい数の虫たちの影をケースの中の白い紙に彫り刻んでいる。その部屋であなたは言った。

「あの女の人たちをもう一度見てみたいの」

私はあなたを、もう一度案内した。私の美しいコレクションが眠る冷凍室に。

重い扉を開ける。溢《あふ》れ出る冷たい空気。

あなたはもう驚かない。丈の長い毛皮のコートにくるまって、真っ白な息を吐きながら、女たちの一人一人を見てまわる。中年に達した女たちは誰もが、扇情的な下着姿で誰かを誘惑し続けながら、光のない瞳を見開いて遠くを見つめている。

あなたは恐る恐る手を伸ばして、彼女たちの凍りついた白い肌に触れてみた。

冷凍のお刺身のようだとあなたは思う。

毛皮の中に忍び込む激しい冷気に耐えながら、あなたは長い間動かずに黙っている。

魅入《みい》られたように女たちを見つめるあなたのそばに佇んで私は言う。

「実は、まだあなたに見せていない部屋があるんです」

あなたはもう気づいているかもしれない。

私があなたのことをよく知っているように、あなたも私のことを知り始めている。

私は冷凍室の奥の、もうひとつの扉を開けた。小さな秘密の扉。

「どうぞ、お入りください」

あなたはその小さな扉から、部屋の中に入った。そしてパイプベッドに横たわる女を見た。

どうですか？　これが私の特別な女性です。

白く透き通るような肌の、痩せた美しい中年の女。他の女たちの基になった、オリジナル。あなたは、彼女を見る。

「この人は、あの女の人たちに似ているわ。それからあなたにも、とてもよく似ている」

私を振り向き、あなたはそう言う。「この人はあなたの何なの？」真っ白な息を吐いてあなたはきく。あなたの吐く息は、言葉と一緒に辺りに広がって消えた。

「今までは、私の特別な女性でした」

「今までは？」

「そう、今までは」

あなたは私の目を見つめる。特別な女のそばに立ち尽くす。手を伸ばして彼女に触れる。何色ものアイシャドウを塗った閉じた瞼に。

私は震えている。けれど、それは寒さのせい。

私はパイプベッドの上に屈み込んで、凍えた手で彼女の黒いブラジャーを外した。剝き出しになった乳首。私はそれにそっと唇を付け、口に含んだ。舌の先で静かに嘗める。グラスの中の氷を含むように。唇を離すと、私の唾液で濡れた乳首は、冷気ですぐに凍りついて白く曇った。

「息子さんと寝たいと思ったことはありますか？」私はあなたを見上げてきいた。

そして、あなたは思い出す。ほんのひと月ばかり前に亡くなった自分の息子のこと。ある日、何の前触れもなく、突然いなくなってしまった最愛の息子のことを。

あなたは答えない。私を見つめているだけ。けれど、私にはわかっている。

あなたはそれを望んでいた。自分でははっきりと意識したことはなかったかもしれないけれど、それでも、昔からそれを望んでいた。世の中の多くの母親がそうであるように。

私は知っている。我が子ネロを誘惑したアグリッピーナのようになれたらと、あるいは、息子エディプスとの間に子供をもうけたイオカステのようになれたらと、多くの女が無意識のうちに思っているのを。

今では私は確信している。私の母は、私が毎夜ふたつの部屋を隔てた小さな鍵穴から覗いているのを知っていた。彼女は気づいていた。息子である私に覗かれていることに気づきながら、毎夜のように私を誘惑していた。

あなたは特別な女の死体を眺め続けている。激しい寒さのせいだろう。もうあなたの唇は色を失い紫に変わっている。

さあ、もうここを出ましょう。見たければ、あなたはいつでも見ることができるのだから。

あなたの肩を抱き、私は冷凍室から出た。そして、再びしっかりと扉を閉めた。

「あの人の話をして」

冷凍室を出てからあなたは言った。

私はあなたのグラスにブランデーを注いだ。「温まりますよ」

あなたは私を見ている。

もう窓の外はすっかり夕闇に包まれている。森の彼方の空が、わずかに昼の名残《なごり》をとどめて朱色に輝いているだけ。

私は自分のグラスに蛾の幼虫の酒を注ぐ。

そして、私たちはいつものように、グラスを軽く触れ合わせた。


「私は幼い頃から病弱で、ほとんど外には出ないで、部屋の中で積み木遊びをしたり絵本を読んだり音楽を聴いたりしている子供でした。医者は体のため、できるだけ日光に当たるように言いましたが、外で一緒に遊ぶような同じ年頃の友達もいなかった。それで彼女は心配して、私に昆虫図鑑と、捕虫網と、虫籠《むしかご》と、展翅板を買い与えてくれました。

それからは毎日、私はそれら一式を持って森や野原を歩きまわり、夕方できあがった昆虫の標本を彼女に見せて誉めてもらうのが唯一の楽しみになりました」

「それじゃあ、あの人は」

「そう。あなたの思っているとおりです」

21

かつて彼女はこのホテルの経営者の娘で、父親が死んでからは彼女が一人でホテルの経営を取りしきっていた。私は彼女の一人息子だった。

ここは以前から女性専門のホテルだったわけではない。けれど私の母に経営が替わってからは、女性客が多くなった。特に、女性が一人で利用してもくつろげるという評判が広まってからは、夫と死に別れたり離婚したりした女性が多く利用するようになった。

彼女たちがいつも気持ちよく過ごすことができるように、私の母はこのホテルをよりよいものにしようと努力していた。

母は美しい女性だったけれど、そういう華やかさを普段は表に出さない人だった。いつも地味なスーツを着て、地味な化粧をし、長い髪をきつく束ね、何人かの使用人を使ってこのホテルを切り盛りしていた。

私が生まれてすぐに、かつての夫だった人とは離婚していた。だから、私は自分の父親についてはほとんど知らない。

私は無口で人見知りの激しい子供だった。母以外とはほとんど誰とも話すことはなかったし、友達もいなかった。学校が終わると一人きりで森や野原に出て、蝶や蛾を採集していた。昆虫だけが私の友達だった。

二十歳を過ぎてからも私の性格は変わらなかった。私は大学に行くようになり、時にはアルバイトでホテルの従業員たちと一緒にここで働いたりはしたが、彼らとも打ち解けるようなことはなかった。私は女経営者の変わった一人息子として扱われた。

その頃、母と私はホテルの最上階の隣り合った部屋で暮らしていた。私たちの部屋は厚い木製の扉で仕切られていた。私たちの部屋の窓からは、ホテルを取り囲む森が、どこまでもどこまでも見渡せた。

母は毎晩、遅くまで仕事をしていたから、部屋に戻るのはいつも深夜になってからだった。

それはある晩春の深夜のことだった。その夜、母の部屋からの物音に、本を読んでいた私は何気なく扉の鍵穴から彼女の部屋を覗き込んだ。

彼女の部屋。そこは明るかった。その明るい光の中に母が立っていた。母はそこに、何も身に纏《まと》わず全裸で立っていた。

私は息を殺し、扉の鍵穴の下にしゃがみ込んだ。そして、見た。

その鍵穴の向こうで、母が湯上がりの乳首にピンクのパウダーをはたいて色を付けるのを見た。裸の体に、薄く透けた黒の下着を着けるのを見た。彼女が黒いストッキングを穿き、それを黒いガーターベルトで留めるのを見た。化粧台の前に座り、その美しい顔に今まで見たこともないような派手な化粧を施すのを見た。堅く結んだ長い豊かな髪をほどき、それを輝かせながら何度もブラシを掛けるのを見た。

それまではあまり気にしたこともなかったけれど、母の体はとても細く、華奢で、美しかった。化粧台の下から彼女は踵の高いパンプスを取り出すと、それを履いて鏡に向かって立ち、それから微笑んだ。

そこに立っているのは、母ではなかった。従業員にてきぱきと指示を出し、来客に対応し、山ほどの伝票を整理し、いつも笑顔を絶やさない、そんな母ではなかった。

そこにいるのは私の知らない女だった。その女は長い間、その姿のまま鏡の前に立っていた。微笑んだり、怒ったり、泣きそうになったり、恍惚《こうこつ》とした表情になったりしていた。髪を掻き上げたり、振り返ったり、体を反らしたり、背伸びをしたり、両腕を高く上げたり、ゆっくりと部屋の中を歩いたりしていた。透き通った下着の向こうに、乳首や性毛や尻の割れ目が見えた。

私は母が誰かを待っているのだと思った。これから誰かがやって来るのだと思った。

けれど、扉を叩く者はいなかった。

やがて母はベッドに横たわると、ブラジャーの上から乳房をゆっくりと揉みしだいた。目を閉じて、ゆっくり、ゆっくり揉み続けた。声を殺し、濃いルージュを塗った唇を光らせ、体をのけ反らして喘いだ。透き通ったショーツの中に細く骨張った指を入れ、それをゆっくりと動かした。薄い布の向こうで彼女の陰部が濡れて光っているのが見えた。履いたままのハイヒールが、ベッドサイドの電気スタンドに光った。

どれくらいの時間、そうして自慰を続けていただろう。やがて彼女は激しく痙攣し、細い脚でシーツを蹴り、自分の指を強く噛《か》み締めて喘ぎ声を押し殺しながら絶頂に達した。

それは信じられない光景だった。

その後も彼女は長い間、その姿のままベッドの上に横たわっていた。それからゆっくりと体を起こすと、下着を脱ぎ、ストッキングを脱ぎ、ガーターベルトを外し、浴室に入って行った。

浴室から出て来た彼女は、もうさっきまでの女ではなく、私がよく知っている母だった。


あなたはグラスの中のブランデーを飲み干した。その指先がまだ震えている。あなたのグラスにブランデーを注ごうとした私にあなたは言った。

「私にもそのお酒を飲ませて」

「これですか?」私は蛾の幼虫のボトルを掲げる。

「そう。飲めるかしら?」

私は空になったあなたのグラスにそっと酒を注いだ。ボトルの中で、ふやけた四匹の幼虫が揺れて漂った。

「グロテスクね」

「ええ、でも、味は悪くありませんよ」

あなたはグラスに鼻を近づける。唇を付けて口に含む。

「強いお酒ですよ」

「本当。でも、飲みにくくはないわ」

コクリと喉を鳴らして、あなたは液体を飲み込む。あなたの白い喉。震えている。

「あなたは毎晩、お母さんの部屋を覗いていたのね」

私は自分のグラスに酒を注ぎ、話を続ける。

22

もう何十年も前のことなのに、あの日々のことは今でもはっきりと思い出すことができる。

あの晩から、母の部屋を覗くことが私の日課になった。

母が一日の仕事を終えて部屋に戻ると、私は自分の部屋の明かりを消して扉の前に屈み込み、その小さな鍵穴から母の部屋を覗き続けた。何時間も、何時間も。

そして、私は母が毎夜、自分の部屋では娼婦に変わるのを知った。彼女はそこで昼間の地味な服を脱ぎ捨て、きわめて扇情的な下着と、肌をあらわにした服を身に纏い、厚い化粧を施して、鏡の前でまわった。それは醜い蛹から脱皮して舞う蝶のようだった。

一人の部屋で、母はいったい誰を誘惑していたのだろう?

太股を剝き出しにした短いスカートを穿き、下着の透けて見える衣装を着、たくさんのアクセサリーで自分を飾りつけ、乳首にまで化粧を施して、彼女はいったい誰を求めていたのだろう？　いったい誰を思い浮かべながら、乳房を揉みしだいていたのだろう？　赤い下着、黒い下着、ガーターベルト、エナメルのハイヒール。彼女はいったい何を求めていたのだろう？

彼女は毎晩、鏡の前で自分の姿を長い間見つめていた。そして、その下着姿のままベッドに倒れ込み、身をよじって自慰をした。声を殺し、全身をくねらせて悶えた。そして私も、母の姿を小さな鍵穴から覗きながら、自分の性器を握り締めて自慰をした。

母は毎夜、娼婦に変わる。

けれど、そのことに気づく者は誰一人いない。母は部屋から出る時には、そんなすべての匂いを拭い去っていた。扉を開けて廊下に一歩出ると、もうそこにいるのは、いつもの地味で仕事熱心で、真面目で、厳格な母だった。

母はそうやってすぐに変わることができたけれど、私はそうはいかなかった。私は一日中、母の幻覚に悩まされなければならなかった。娼婦のような母の姿を思い浮かべながら、私は一日中ベッドの中で自慰をしていなければならなかった。

ある日、私は鍵を手に入れた。母の部屋と私の部屋との間の扉の鍵。それを手に入れることは、オーナーの息子である私には簡単なことだった。

その晩、私は母の部屋の扉を静かに開いた。そう、それは音も立てずに開いた。脳の血管が膨れ上がり、頭がズキズキと痛むほど心臓が高鳴っていた。母の部屋に敷き詰められた毛足の長い絨毯を踏みしめながら、私は明かりに吸い寄せられる蛾のように、そこに近づいていった。

そこには、蝶に変わった母が横たわっていた。母はベッドの上で自分の乳房を揉み、片手をショーツの中に入れ、身をのけ反らせて悶え続けていた。

ベッドの脇に佇んで私はそれを見下ろした。

喘ぎ声を漏らしながら、女は一瞬目を開けた。そして、そこに私がいるのを知り、ビクッとして体を起こそうとした。その瞬間、私は女の上に倒れ込んでいった。

明かりを点けたままのその部屋のベッドの上で、母親とその息子は貪《むさぼ》るように抱き合った。母親は息子を拒まなかった。私たちは呻《うめ》き声を上げながらお互いの舌を吸い、抱き締め合った。ルージュの油臭い匂いが私の口の中に広がった。私は女のブラジャーを毟《むし》り取り、弾力性に富んだ乳房を摑んだ。ピンクに化粧を施した乳首を赤ん坊のように口に含んだ。嚙んだ。そう、その子にはもう、歯が生えていた。

女は声を上げてのけ反りながら、息子の頭を抱き締めた。黒い小さなショーツを私が下ろそうとするのを、女はわずかに拒んだ。けれど私はその手を振り払い、引き千切るようにショーツを下ろすと、すでに硬くなった男性器を濡れた女性器に乱暴に押しつけた。

最初、それはうまくいかなかった。けれど、女の手に導かれてそれは戻るべき場所を見つけた。男性器はきつい肉の壁をゆっくりと押し開きながら、奥へ奥へと進んで行った。女は呻き声を上げてのけ反り、尖った爪が私の背中に刺さった。その獣のような衝動が私にとって初めての性交だった。

女の中はとても暖かかった。

私は折れそうに細い女の体を強く抱き締めて彼女の中に男性器を突き入れた。

女は喘ぎ声を上げ続けながら、ストッキングを穿いたままの脚で私の体をきつく締めつけた。私の性器は女の中で膨れあがり、苦しそうに何度も痙攣した。そして私は女の髪を掻き毟り、その肩を噛み締めて彼女の中に体液を注ぎ入れた。

性交の後で女は、汗で光る体を起こして私を見つめた。まだ肩が激しく上下に喘いでいた。

私は女の体を抱き締め、その言葉を口にした。生まれて初めて、自分の母親であるその女に、その言葉を語った。

女は私の髪を優しく撫でた。そして、言った。

その言葉を生涯、ほかの人には言わないと約束して――と。

私は母をじっと見つめた。それから、無言で深く頷いた。

私を見つめ返し、母が嬉しそうに笑った。そして、無造作に顔を伏せると、まだ私の股間で脈打っている男性器にその顔を近づけ、ルージュの滲《にじ》んだ唇をゆっくりとそこにかぶせていった。

いきなりのことに、私はひどく驚いた。地味で、仕事熱心で、真面目で厳格なあの母が、そんな娼婦のようなことをするとは想像さえつかなかった。

けれど、私がしたことは、母の顔を払いのけることでも、「やめてよ」と言うことでもなく……強く目を閉じ、快楽に身を任せることだった。

そう。あの瞬間、私は間違いなく驚いていた。びっくりしていた。けれど、私の体は驚いてはいなかった。

母の口の中で、私の性器は再び激しく膨張し、強く反り返り、痙攣するかのように脈打って震えた。

立ち去ったばかりの快楽が、再び波のように押し寄せて来た。その強烈な快楽に突き動かされるかのように、私は両手で母の髪を抜けるほど強く摑み、その顔をゆっくりと前後に振り動かした。無意識のうちに、私はそうしていた。

濡れた唇と男性器が擦《こす》れ合う淫靡《いんび》な音が、私の耳に規則正しく届いた。

途中でふと目を開くと、母の顔が見えた。

母はしっかりと目を閉じ、細い眉を寄せ、頰を凹《へこ》ませ、濃く化粧がされた顔を悩ましげに歪《ゆが》めていた。すぼめられた母の唇から、唾液にまみれた男性器が、出たり入ったりを繰り返していた。

それは全身が震えるほどに淫らで、叫びたくなるほど背徳的な光景だった。

母の髪を両手でがっちりと鷲摑みにし、私は娼婦となった女の顔をさらに激しく、さらに荒々しく打ち振った。そして、これでもかという激しさで、母の喉を突き上げた。母の耳元で大きなイヤリングが激しく揺れた。

硬直した男性器に喉を何度も突き上げられ、母は時々咳き込んでそれを吐き出した。だが、咳が終わるとすぐに、母は息子のそれを再び口に深く含んだ。

自分を産んだ女の口を、いったいどのくらいの時間、私は犯し続けていたのだろう。いったい何度、その喉を強く突き上げたのだろう。

背徳感は確かにあった。自分自身に対する嫌悪感もあった。けれど、それらの感情を快楽が押さえ込んだ。

やがて、耐え切れないほどの快楽がやって来た。これまでに経験したことがないほどの快楽だった。そして、私は娼婦と化した母の髪を摑んだまま、体をブルブルと震わせながら、その口の中に熱い体液を大量にほとばしらせた。

射精を終えた私が男性器を引き抜くと、女は口に息子の体液を含んだまま、真っ赤に充血した目でこちらをじっと見つめた。それは明らかに娼婦の顔だった。

さらにしばらく私を見つめていた後で、母は何度か小さく喉を鳴らして、口の中の液体を嚥下《えんげ》した。

こくんという音が、私の耳に届いた。

すべてが終わった後で、私はまた母の顔を見つめた。そして、愕然《がくぜん》とした。そこにいたのが、さっきまでの娼婦ではなく、いつもながらの母だったから。地味で、仕事熱心で、真面目で厳格な母だったから。

ああっ、母に対して、とんでもないことをしてしまった！

目の前にある母の顔に、私は怯《おび》えた。まだ幼かった頃のように怯えた。私は怖かったのだ。幼かった頃のように、母に怒鳴りつけられると思ったのだ。体罰を受けると思ったのだ。

いや、どうなのだろう。自分がなぜ、あんなことをしたのか、今ではもう、よく覚えていない。

あの時、私は咄嗟《とっさ》に両腕を伸ばし、ほっそりとした母の首に手をまわした。そして、渾身《こんしん》の力を込めて、母の首を絞め上げた。私の指の一本一本が、白く柔らかな母の首に深々と沈み込んでいった。

その瞬間、母はその充血した目をいっぱいに見開き、私を真っすぐに見つめた。

母は驚いていたのだろうか。殺されると思い、怯えていたのだろうか。だが、私にはそれはわからなかった。無我夢中だったのだ。

母は私を見つめたまま、その骨張った指で私の手首をしっかりと摑んだ。マニキュアを塗り重ねた爪が手首の皮膚に食い込み、そこからうっすらと血が滲み出た。

けれど、私は力を緩めなかった。それどころか、全身のすべての力を動員して、汗ばんだ母の首をさらに強く絞め上げた。絞めて、絞めて、絞めて……そして、また絞めた。

「ぐっ……げっ……うぐうっ……」

命を失う直前に母の口から声が漏れた。絞り出すような不気味な呻きだった。直後に、母の体からすーっと力が抜けていった。

それでも、私は力を緩めなかった。いつの間にか汗まみれになっていた体をブルブルと震わせて、すでに命を亡くしていただろう母の首を絞め続けたのだ。

気がつくと、母は全裸のままベッドの上にぐったりとなって横たわっていた。

ああっ、殺してしまった。私は母を殺してしまった。

その事実に、私はおののいた。だが、それにもかかわらず、私の性器は信じられないほど強く硬直していた。分泌した体液で、その先端を光らせていた。

そう。私は相変わらず、異常なまでの性的興奮に包まれていたのだ。母を殺したというのに、私は欲情していたのだ。

次の瞬間、私は獣のように母の死体にのしかかった。そして、まだ濡れている女性器に再び自分の性器を宛てがった。

ヌルリとした感触とともに、私の性器は一瞬にして根元まで母の体内に埋まった。そこはまだ、さっきまでと同じように暖かかった。

もう動かなくなった母に体を重ね合わせると、私はそれを抱き締め、何度も執拗に男性器を突き入れた。最初は暖かかったけれど、母の体はだんだんと冷たくなっていった。もう声を出すことはなかったし、両脚で私を強く締めつけるようなこともなかった。私の背中に爪を立てることもなかった。それでも私はその行為を中止することはできなかった。かつて私のものだった乳首を吸い続け、私の場所だったところに体液を流し込み続けた。

私は自分の体液がすべて放出されてしまったと感じた。

どのくらいそこにいたのだろう。ぐったりとなった体を起こし、私は母の死体を自分の部屋に運び込んだ。そしてそれから、母の部屋を片づけ、ふたつの部屋の間の鍵を閉めた。

捜索願いは私が出した。母は失踪者として扱われ、警察が何度もやって来たが、私の犯行は発覚しなかった。私は同情はされたが、疑われはしなかった。

私は母の死体を自分のベッドに入れて、一日中、何度も何度も犯した。仰向けにしたり、俯せにしたりしながら、冷たくなってしまった女を何度も犯した。昼も夜も、休むことなく犯し続けた。

死んでからも彼女は美しいままだった。私は母の部屋から持ち出したたくさんの下着の中から一番猥褻《わいせつ》で扇情的な下着を選んで彼女に着せ、その顔に化粧を施した。ファンデーションを塗り直し、ルージュとアイラインを引き直し、頰と乳首にはピンクのパウダーをはたいた。

私は部屋から出なかった。このままいつまでも、永久に彼女と二人でそこにそうしていたかった。

けれど、それはできないことだった。彼女の白く細い体に紫色の斑点ができているのを見つけたある晩、私は彼女の体をシャワーと石鹸とで綺麗に洗い、それからシーツで幾重にも包んで抱き上げると、調理場の隅の大きな冷凍室に運び込んだ。ホテルの冷凍室は広かった。私は用意した大きなダンボール箱に彼女を横たえると、冷凍室の隅にそれを置き、蝶の標本が冷凍してあるので許可なく開けないようにと指示をした。

ホテルの経営が私に替わってから、私はホテルの最上階の自分の部屋と母の部屋を続き部屋に改造し、そこに秘密の冷凍室を設置した。そして母の死体をそこに移すと、小さなベッドに寝かせ、毎晩彼女を訪れては愛撫した。

あなたは何も言わない。私も、もうそれ以上は語らない。

長い沈黙。

沈黙を破るのは私。

「驚きましたか？」

「ええ」あなたはシガレットケースから煙草を取り出した。もう、指は震えてはいない。

私はライターであなたの煙草の先に火を点けた。頬をへこませるあなた。しばらく味わった後で、ゆっくりと煙を吐き出す。あなたのそんな仕草も、ここに来た時よりも、随分と馴れたものになった。

「どうしてそんな話を私にしたの？」

「あなたに隠し事はしたくないんです」

あなたの指先から昇る煙草の煙が、開け放した窓から細くたなびき、夜の空気に吸い込まれていく。

「今の話で私があなたを嫌いになったらどうするの？」

あなたは笑った。ようやく笑った。また細く煙を吐き出した。

23

そして私はあなたを抱いた。

今夜も凍え切った冷たい体をこすり合わせる。

濡れている。もう充分に。静かに押し開きながら、深く、深く、私はあなたの中に入っていった。

あなたには少し痛みがある。けれど、その痛みさえもが、あなたには懐かしい。声を漏らしながら、少しせり上がる。初めて受け入れる夫以外の男性器に打ち震えながら、その背徳感に興奮する。

純潔という言葉を信じてあなたは育った。夫以外の男と関係を持つことなどもってのほかだと教えられ、それを信じてあなたは育った。何人もの男たちと関係した女は汚らわしいと信じてあなたは育った。けれど、あなたは今、夫以外のものを受け入れ、込み上げる快楽を堪《こら》えている。自分の指をしっかりと嚙み締めて。

私はゆっくりと、しなやかに体を動かす。草原で獲物を狩る、足音も立てずに歩く獣に犯されているようだとあなたは思う。

あなたは長くなり始めた爪を私の背中に突き立てて、背中を弓なりに反らして喘ぐ。恥ずかしい、と言う。信じられないけれど、とても感じる、と私に言う。

私はあなたの頭を撫で、激しく唇を貪りながら動き続ける。しだいに早く、激しく、突き上げるように。あなたは今までに出したことのないような激しい声を上げ、私にしがみつき、私の肩に歯を立てる。

もう今ではあなたの体も獣のようだ。物陰に潜んで草食動物を襲う肉食の獣のようだ。二匹の獣が、体を絡ませ合って呻き声を上げている。

私は、あなたの折れそうに華奢な、そして獣のようにしなやかな体を強く抱き締めて、あなたの中に熱い体液を注ぎ込んだ。


廊下を歩いて部屋に戻る途中で、あなたは自分の性器から流れ落ちた液体が、下着をわずかに濡らすのを感じた。

部屋に戻ったあなたはヤンに、今夜も自分で着替えをすると言った。

ヤンはそれについて、何も言わなかった。

「大丈夫よ」あなたは笑う。

ヤンは着替えの用意を済ませると、お休みなさい、と言って部屋を出て行った。

あなたは一人でシャワーを使った。体を流れ落ちる水。鏡の中の自分を見る。そっと手を伸ばして、そこに触れる。ヌルリとした感触が指先に残った。

24

私はあなたを毎晩ディナーに連れて行く。そして毎晩、あなたを抱く。

あなたは今夜も濡れる。もっと早く、もっとたくさん濡れる。それはあなた自身をも驚かせる。

今夜も私はあなたの中に入っていく。あなたには、まだ少し痛みがある。そして背徳感も。

けれど、それも間もなく、なくなるだろう。そして、もっと自然に、積極的に快楽を受け入れることができるようになるだろう。

私は裸になったあなたの性器に舌を這わせる。真っ暗な部屋。厚いカーテンの隙間から射し込む月の光が、わずかにベッドの端を照らしている。

私は両手であなたの脚を左右に大きく開き、そこに口を付けた。あなたは驚いてそれを拒もうとした。ヤンの舌がそこに触れたことはあったけれど、あなたの夫だった人は決してそんなことはしなかった。だから、あなたはそれに戸惑った。恥ずかしがって、体をよじった。

私の舌はあなたの性器を這った。小さく尖った突起を嘗めた。果肉の匂いが、私の鼻をくすぐった。

あなたは両手で私の頭を支えながら思わず声を漏らした。

一度出てしまった声は、もう止めることはできない。それは、あなたが一番よく知っている。あなたは腰を浮かして、震えながら喘いだ。やめてほしいと私に言った。恥ずかしいと言った。

けれど、私の舌は動き続ける。あなたが全身を硬直させて、深く長い絶頂に達するまで。

性交の後であなたは言った。すっかり化粧の落ちた顔を私にこすりつけて。「私をもっと変えて。今までと違う私にして」

私はあなたの髪をゆっくりと撫でる。細い髪が私の指に絡みつく。

あなたは私の目を見つめる。その目に強い光が宿っているのを私は見る。あなたの今までの人生には見ることができなかった、とても強い意志の光。

「私は変わりたいの。別の自分になりたいの。私は今までの人生を、家と家族のために捧げてきたのだから。残された人生の使い方は私が自分で決めたいの」

私はあなたの細い肩を抱き寄せた。もう私たちは何も言わない。ただ、見つめ合い、唇を合わせるだけ。

私とあなたの本当の時間はこれから始まる。

25

机の上に置いた飼育箱の中で、私の親指ほどの太さもある緑色の芋虫が、複眼を持ったその小さな頭を前後に振りながら、緑の葉を食べ続けている。机に肘を突き、グラスの中の酒を嘗めながら、私はそれを眺めている。

部屋の中は静かだ。ねぐらに戻る鳥たちの声が時々微かに聞こえる。閉じたカーテンの隙間から入る夕陽が、床を細く長く照らしている。

飼育箱の中の幼虫の鋭い歯が、厚い緑色の葉を嚙み砕く音が聞こえる。その幼虫は一日に自分の体重の四分の一もの量の餌を食べる。間もなくこの緑色の幼虫は茶色に変わり、白く細い糸を吐き、繭《まゆ》を作って蛹になる。蛹の中でドロドロの液体になった幼虫は三週間後には、美しい金属質に輝く羽を持った大きな蝶になって出てくる。私に殺され、さらに美しく姿を整えられて標本になるために。

顔を上げて部屋の中を見渡す。光の粒子が、部屋いっぱいに舞っているかのよう。とても明るい。ベッドの向こう側に立て掛けた大きな鏡に私が映る。その男は薄手の絹のスーツを着て机に向かっている。

ビデオモニターが壁を埋め尽くすこの部屋に、その男は大きな鉄のベッドを運び込んだ。この部屋できょうから、その男とあなたの物語は作られる。

私は机の上の瓶を傾けて、淡い黄色の液体をグラスの中に注ぐ。


あなたはここに入って来た。

「覚悟はできましたか?」私は言った。

「ええ」小さくつぶやいてあなたは頷いた。あなたは少女のようにさえ見える。両手を所在なげに組んだり、広げたりしている。

窓の外には夕闇が忍び寄っている。ここに住む女たちは、それぞれの男と連れ立って食事に出掛け始める頃だろう。

あなたは黒いワンピースを着ている。ぴったりと体を包んだタイトなワンピース。

「着ているものを脱いでください」私は言った。

「ここで脱ぐの?」

「そうです」

「恥ずかしいわ」

あなたは少し赤くなる。それから背中に腕をまわしてワンピースのファスナーを下ろし、それをフワリと床の上に脱ぎ捨てる。痩せた素肌があらわになる。

ベッドの向こう側の鏡にあなたの後ろ姿が映っている。ワンピースの下に、あなたは私が指定したとおりの黒い下着を身につけている。冷凍室の中の私の母が着ているのと同じ、薄いレースのブラジャーとショーツ。背中にうっすらと骨が浮いて見える。

それから、あなたは骨張った指で、ガーターベルトで留めた黒いストッキングを外す。爪には黒いマニキュア。甲虫の羽のよう。腰を屈めてハイヒールを脱ぎ、丸められたストッキングを脱ぐ。脱ぎ捨てられたストッキングは、まるで脱皮した昆虫の抜け殻だ。

「パンプスは履いていてください」

私に言われて、あなたは絨毯の上に転がった黒いエナメルのハイヒールを素足に履いた。

私はグラスに注いだブランデーをあなたに渡す。あなたはベッドの縁に浅く腰掛け、ルージュが光る唇をそっとグラスの縁に付けた。喉を小さく動かして中の液体を少しだけ飲んだ。

「それは何？」あなたはきく。

ベッドの上に置いた、竹でできた小さなふたつの虫籠と、シルクの黒い布。虫籠のひとつにあなたは手を触れる。籠の中にいた緑色の虫は、鎌のようになった両手を擡《もた》げ、小さな三角形の頭を固定させ、大きな目であなたを睨《にら》んで身構えた。

「あなたと私の約束の虫です」私はあなたに笑い掛ける。椅子から立ち上がり、ベッドの上の虫籠のひとつを手に取る。下着姿のあなたに近づき、その薄い掌に、小さな虫籠を載せる。

「約束の虫？」

「それは雌のカマキリです。いいですか？　この虫がその籠の中で生きている限り、あなたは私には逆らえない。そういう約束をしてください。それを殺すことも、捨ててしまうこともあなたの自由です。けれどカマキリがそこで生きている間はあなたは私の言いなりになる。約束です。いいですね」

あなたは黙って頷く。

「もうひとつの虫籠は私が持っています。私の籠には雄のカマキリが入っています。もしあなたが逆に私を自由にしたかったら、あなたのカマキリを私の虫籠の中に入れてください。あなたのカマキリはたちまち私のカマキリを食い殺してしまうはずです。その時は、今度は私があなたの奴隷になりましょう」

あなたはまた黙って頷いた。私は今度は黒い布を手に取る。あなたの髪を何度か撫で、それからあなたの顔に、その柔らかな布を巻きつける。

あなたはまた、脅えている。ルージュの光る唇を開いて息を整える。虫籠をベッドの上に置き、その目隠しに触れる。

「もうブランデーはいいのですか？」

あなたは少し頷く。

「それでは、そこで待っていてください」

私はそう言うと立ち上がる。

「どこに行くの？」

あなたには何も見えない。私が部屋を出て行く音がする。扉の閉まる音。

部屋に残されたあなたは、これから何が起こるのだろう、と思う。あの人は私を置いてどこに行ったのだろう？

窓の外でねぐらに戻る鳥たちが鳴いている。風が森を渡る音。手を伸ばしてまた虫籠に触れてみる。


やがて扉が開く音がした。足音。一人ではない。二人いる。

あなたは脅えた表情で足音のしたほうに顔を向けた。「あなたなの？　誰が一緒なの？」そうきく。立ち上がりかける。

「動かないで」私は言った。「ベッドに座ったままでいてください」

あなたは私の声を聞き、少し安心する。

「誰が一緒にいるの？」またきく。「ペロなの？」

若い男の体臭が微かに漂っている。あなたは思わず下着の胸を押さえる。

「ペロではありません」私は言う。「あなたの息子さんです」

「そんなはずはないわ」目隠しをされたままあなたは言った。

若い男があなたに近づく。あなたの前に立つ。

「あの子はもういないのよ」

「いいえ、息子さんです。触れてみてください」

あなたは手を差し延べて、あなたの前に立つ若い男に触れる。恐る恐る、怖がりながら。男は手触りの粗い木綿のシャツに、ぴったりとしたジーンズを穿いている。あなたの息子が休日によくしていた恰好。かつてあなたは息子を見ながら、脚が長くてお尻が小さくて恰好いい、といつも思っていた。親子なのに父親には少しも体型が似ていない、と。

「あなたの息子さんですよ」私の声が聞こえる。

「そうなの？　あなたなの？」

「そうです。呼んでみてください」

あなたは息子の名前を呼んだ。とても久しぶり。もう、声に出して呼ぶことはないと思っていた名前。呼び掛ける。

若い男は黙って頷いた。それが、あなたにはわかる。

「夫に抱かれる時、あなたはいつも息子さんのことを思っていた。そうでしょう？」

「そんなことない」

「カマキリが籠の中で生きている間は、嘘をついてはいけませんよ。この館ではすべてが自由です。あなたはしたいことができる。今が、その時です。息子さんの着ているものを脱がせてあげてください」

あなたは再び手を伸ばし、男のシャツのボタンに手を掛ける。小さなふたつ穴のボタン。上からひとつひとつ外していく。伸ばした爪のせいで外しにくい。

それから、あなたは男に触れる。瘦せている。肋骨が浮いている。両腕をまわしてシャツを捲りあげる。それを脱がせる。瘦せた肩に触れる。窪《くぼ》んだ鎖骨。

「よく似てるわ」あなたは言う。

「似てるのではありません。そこにいるのはあなたの息子さんです。さあ、思いを遂げる時が来たのです」

男はあなたの前に立っている。あなたは男のベルトに手を掛ける。大きな鉄のバックル。それにも覚えがある。それを外す。

男の手が、ベッドに腰を掛けたままのあなたの髪を撫でる。ジーパンが足元に落ちる。あなたは下着の上から、男の性器にそっと触れる。薄い布の下で、それはすでに、硬くなっている。

男はあなたをベッドに押し倒す。堅いマットのスプリングが軋んで乾いた音を立てる。レースの薄いブラジャーが剝《は》ぎ取られ、骨張った逞《たくま》しい指が荒々しくあなたの乳房を掴む。揉みしだく。その乳首は硬く尖っている。

どこからか風に乗って音楽が聞こえてくる。レストランのピアノだろうか。それとも、どこかの女が、自分の部屋で酒を飲みながら男と踊っているのだろうか。

あなたは男の髪を撫でる。あなたと同じ柔らかな髪。微かに掛かったウェイブ。息子に似てる。あなたはまた思う。

唇が重ね合わせられる。男の舌が閉じられたあなたの歯をこじ開ける。入ってくる。舌に絡みつく。

筋肉質な太股があなたの脚の間に入り込む。堅く閉じていた両脚をあなたは開く。薄いレースのショーツを通して、硬直した男性器があなたの恥骨を圧迫する。あなたは思わず声を漏らす。それが、あなたの耳に届く。

男があなたの乳首を吸う。ずっと昔、赤ん坊だった息子がしたように。けれどあの頃よりもずっと強く、何度も何度も執拗に吸う。歯を立てる。あなたはまた、声を漏らす。

あなたの下着に男の指が掛かる。

「駄目よ」あなたは言う。けれど、その声が喘いでいるのをあなたは知る。

引き下ろされる下着。膝まで。そして、足首まで。下着の内側の部分が、あなたの分泌した体液で濡れていることをあなたは知っている。

陰部に当てがわれる男性器をあなたは感じる。男が腰を突き出す。あなたを押し開きながら、それは静かに入ってくる。その瞬間、あなたは弓なりに体を反らす。声を上げる。

床に落ちて転がるハイヒールの音。

男は両手であなたの肩をしっかりと抱き締め、あなたの唇を貪るように吸いながらリズミカルに男性器を送り込み始める。最初はゆっくり、静かに、優しく。それから、少しずつ速く、少しずつ激しく。

静かだった部屋の中に、あなたの声が絶え間なく響き始めたのをあなたは聞く。その声に掻き消されて、もう外からの音楽は聞こえない。

声を出しているのが自分だとはとても思えない。自分は今、息子によく似た男と交わっている。息子によく似た男の背中に爪を立てる。汗ばんだ皮膚に爪が食い込むほど強く。

息子によく似た男の性器が少しずつ強くあなたの子宮を突き上げる。そのたびにあなたは声を上げ、髪を振り乱してのけ反る。息子によく似た男の背中に両脚を交差させて強く締め上げる。部屋の中にはあなたの喘ぐ声と、あなたたちの性器のこすれ合う音だけが響いている。

やがて、あなたにのしかかった男の動きは一段と激しくなり、男は全身を硬直させ、初めて呻き声を上げ、あなたの体を壊れるほど強く抱き締めて、あなたの中に射精した。その瞬間、あなたは弓のように体をしならせて、最愛の息子の放出したその熱い液体に身を委《ゆだ》ねた。

これであなたと私は共犯者。母と交わった男と、息子と交わった女。

26

扉の開く音にあなたは目を覚ました。

ヤンが入って来る。あなたはハッとして、剝き出しの胸を腕で覆い隠した。いつの間に眠ってしまったのだろう。あなたは思う。

もう陽はすっかり沈んで、夜の帳《とばり》が森を覆っている。

夜の風の匂い。昼と夜とで風の匂いが変わることを、あなたはここに来て初めて知った。

あなたは何も身に纏っていなかった。まだ下腹部には重いけだるさが残っている。足首には、さっき息子によく似た男に脱がされた黒いレースのショーツが引っ掛かっている。けれど、もう目隠しはしていない。

ヤンは驚かない。「お呼びですか？」と私に言った。

あなたは机に座った私を見る。私は優しく笑い掛ける。

私はヤンに、あなたを入浴させるように言う。食事に行くから、あなたに化粧をし、ドレスを着せるように言う。

「よく眠れましたか？」

私の言葉に、あなたは黙って頷いた。それから、ヤンに何か喋ろうとした。けれど何を話していいのかがわからなかった。

私は机の上に置かれたあなたの虫籠を持ち上げてあなたに見せる。「お風呂に入る前に、これに餌をやりましょう。とても簡単です。そしてこれからはあなたが自分で毎日餌を与えてください。もし、まだ私と続けていくつもりなら」

私は小さな紙の箱と虫籠を持って、あなたのベッドサイドにひざまずく。あなたは体を起こして私の手元を見つめる。紙の箱の中では、カサコソと生き物の動く音がしている。私はそこから真っ黒な太ったコオロギをつまみ出した。

「それが餌なの？」

「そうです」

私は注意深く虫籠の竹の扉を押し上げると、私の指先でもがくコオロギを籠の中に入れた。次の瞬間、ボクサーのように鎌を身構えたカマキリは、放たれた矢のようにコオロギに襲い掛かった。一瞬にしてカマキリの太い鎌がコオロギの柔らかな腹に食い込み、締め上げた。もうコオロギにはなす術《すべ》はなかった。その緑色の太い鎌の間で空しく脚を動かすだけ。カマキリの尖った顎がコオロギの腹を食い破る。薄紫の体液が滲み出る。

「残酷ね」あなたは顔を背けた。

「食物連鎖です。しかたありません」私は言った。「コオロギでなくても結構です。蝶でも、蛾でも、トンボでも、生きている虫なら何でも食べます」


私の浴室でヤンはあなたの体を洗った。大きな大理石のバスタブに満たした泡の中で、あなたの体をいつものようにスポンジで洗う。あなたの白い乳房には小さなあざが、赤くいくつか残っている。

「恥ずかしいことをしてしまったわ」あなたは、おずおずとした口調でヤンに言った。ヤンの目を見るのがためらわれた。

けれど、ヤンは何も言わない。いつもと同じように、あなたの体をスポンジで優しく洗い続けるだけ。

そして、あなたは思い出した。遠い昔の記憶を。そう、もう、ずっと昔。まだ息子が幼かった頃、デパートで竹の籠に入ったカブトムシを買ってやったこと。

都会から郊外の住宅地に引っ越したばかりで、あなたの息子はなかなか地元の子供たちとなじめなかった。彼は面子《めんこ》のルールも独楽《こま》の回し方も知らなかったし、田圃《たんぼ》でザリガニやオタマジャクシを採ることも、雑木林でカブトムシやクワガタムシを採ることも知らなかった。いつも友達が捕まえたザリガニやカブトムシの話を羨《うらや》ましそうにしていた。

いつだったか見かねた夫が日曜の朝早く起きて、一緒に雑木林にカブトムシを採りに行ったことがあったけれど、あなたの夫も、カブトムシの捕まえ方は知らなかった。二人で藪蚊《やぶか》にたくさん刺されて戻って来ただけだった。

だからあなたはデパートに行って、小さな籠に入ったカブトムシを買った。家に帰って、昼寝をしていた息子の枕元にそっと籠を置いた。目を覚ました息子が飛び上がって喜ぶのが見えるような気がした。

そんなことを、思い出した。もう、遠い昔のことだ。

ヤンの手は動き続けている。あなたは大きく息を吐くと、静かに浴槽の中に沈み込んだ。

入浴の後で、ヤンがいつものようにあなたの支度を整えた。あなたは念入りに化粧を施され、シルクの下着を着せられて、華やかなドレスを身に纏い、貴金属や宝石で飾られて、いつものように貴婦人に戻った。

さっきの出来事はまるで夢の中のことのようだ、とあなたは思う。けれど、あれは夢ではない。その証拠に、あなたの目の前のベッドの上では、緑色の雌のカマキリがまだコオロギの死骸をしっかりと摑んで、その体液を貪っている。

「これを持ったまま食事に行ってもいいの？」あなたはベッドの上から虫籠を持ち上げて私にきいた。

「できればそうしてください」私は答えた。「その虫籠はいつも私の見える場所に置いておいてください。あなたが私との約束をまだ続けているということが、私にわかるように」

あなたは小さく頷く。ルージュがとても綺麗だ。あなたは指を伸ばして竹の籠の中にそっと差し込む。カマキリがさっと近づき、あなたの指に鎌を振り下ろす。小さく悲鳴を上げて、あなたは籠を放り出す。指先に微かに血が滲んでいる。

私は笑いながら床に転がった籠を拾い上げた。

「気をつけてくださいね。こいつは、動いているものには何でも反応するんですから」

あなたは指先を口に含みながら頷いた。

もうほとんどの客たちはカクテルラウンジやプールバーのほうに移動していて、レストランはとても静かだ。食事の済んだ何組かのカップルが、食後酒を楽しみながら肩を寄せ合っているだけ。その中の何人かが、あなたがテーブルの端に置いた虫籠に気がついた。不思議そうに私たちを見ている。

太ったピアノ弾きも、もう帰ってしまったようだ。音楽のないレストランには、女や男のささやくように話す声が聞こえるだけ。それでもすべてのテーブルの上では、まだ蠟燭がオレンジ色の炎を揺らして燃えている。

あなたと私は、あなたがいつもペロと座っていた窓際のテーブルに腰を下ろした。大きな蝦の入った温かなスープを飲み、魚介類のサラダを食べる。冷やした辛口のワインを飲む。

「息子さんとのセックスはどうでしたか？」私はあなたにきいた。

「きかないで」あなたは言った。恥ずかしそうに顔を伏せる。「恥ずかしいわ。本当は誰だったの？」

「本当にあなたの息子さんだったんですよ。あなたにもわかったでしょう？」

あなたは曖昧に頷く。グラスを持ち上げてワインを飲む。

食事の後で私はあなたをカクテルラウンジに誘った。けれどあなたは、今夜はとても疲れたから部屋に戻って眠りたい、と言った。

「誰の部屋で？」

「あなたの部屋よ」あなたは恥ずかしそうに笑った。

今夜からはあなたは自分の部屋には戻らない。モニターに囲まれた私の部屋の鉄のベッドで、枕元にカマキリの虫籠を置いて私と一緒に眠る。

あなたは素肌に白くて短い夜着を着ている。薄い布地を通して、乳首や下着が透けて見える。

私の腕を枕にして、あなたはすぐに眠りに落ちた。私はあなたの寝顔を眺めながら、栗色の髪を静かに撫でた。

ぐっすり眠ってください。

私はあなたの前髪を掻き上げると、そこにそっと唇を押しつけた。

夜中にあなたは目を覚ました。一瞬、自分がどこにいるのかがわからなかった。それからあなたは思い出した。私を探した。そして、暗がりの中であなたは私の視線を見つけた。

大丈夫、私はあなたの隣にいる。一晩中、あなたと一緒にいる。

ふと顔を動かした時、あなたは枕元の虫籠を思い出した。死んだ昆虫の匂い。毛布から腕を出して、そっとそれに触れてみた。籠の中のカマキリが驚いて、さっと身構えた。あなたは慌てて手を引っ込めた。

私はあなたの手を握った。優しく微笑んだ。あなたは長い旅からようやく自分の家に戻ったように、安心して再び深い眠りに落ちた。

27

三階に住んでいた老女が死んだ。前の晩はいつもどおりにレストランで食事をし、ワインを飲み、男とダンスをしていた。彼女は男に抱かれて自分の部屋のベッドまで運ばれ、唇にキスをされ、眠りに就いた。そして、それっきり、二度と目覚めなかった。

メイドが彼女を起こしに行って、毛布の上からその体に触れた。メイドは最初、気づかなかった。いつものように、ただ眠っているのだと思った。彼女の最期《さいご》は、それほど安らかだった。

生前の希望どおりに、私たちは彼女の亡骸《なきがら》を私たちの手で弔った。教会から牧師がやって来て、館の裏庭でささやかな葬儀が執り行われた。夏も終わりに近づいた晴れた暑い昼下がり。水蒸気を含んだ空は白っぽく霞《かす》んでいる。

ここに住む人々は皆、黒い喪服に着替えて、その葬儀に参列した。もちろん、あなたも黒いドレスに身を包み、その列に加わった。カマキリの入った小さな虫籠を手にしたまま。

彼女の亡骸は大きな柩《ひつぎ》に収められ、館の裏の森に囲まれた墓地に埋葬される。ここで死んだ多くの女性たちと同じように。

牧師の言葉が延々と続き、その間、人々は一列に並んで柩の中に花を投げ入れていく。ヒマワリ、ケイトウ、サルビア、ジギタリス、ホウセンカ、ペチュニア、キキョウ、ムギワラギク、ダリヤ。柩はもう、投げ込まれた花で溢れそうだ。

彼女は眠っているかのよう。丁寧に死化粧を施されて最後の輝きを放っている。

あなたの順番がやってきた。あなたは柩の前で手を合わせた後、白いユリの花束を投げ入れた。オシベに茶色い花粉をいっぱいに付けた甘い香りの花。あなたの投げた花束は緩やかな放物線を描いて柩の中にパサリと落ちた。

私はあなたの後ろに立って、その姿を見つめている。

「不思議ね」あなたは言う。

「ここでは誰も死なないような気がしていたわ」

「そんなことはありません。ここでも、どこでも、必ず人は死ぬのです。誰一人、例外であることはできない」

あなたは黙って頷く。

「人は誰でも必ず死ぬ。そんな当たり前の事実さえいつもしっかりと受け止めていれば、どうやって残りの生を過ごしたらいいのかがわかってくるのです」

葬儀に参列したすべての人々が柩の中に花束を投げ入れた後、柩は太いロープで吊され、墓地に掘られた深い穴に入れられ、その上から黄色く乾いた土がかぶせられた。そこには他の墓と同じように、彼女の名前と生年没年を記した簡単な墓標が立てられるだけ。それ以外のことは何も記されない。

やがて牧師の声も止《や》み、人々は押し黙ったまま、館に戻って行く。またいつもどおりの夏の午後を過ごすために。

今夜もいつもと同じ夜だろう。

何も変わることはない。

女たちはきのうと同じように着飾ってディナーに向かうのだろう。きのうと同じように、男たちに抱かれて踊るのだろう。

変わることはひとつもない。そして、それは素晴らしいことだと私は思う。

葬儀の後、私たちはエントランスホールの奥のティーラウンジで食事をした。あなたがここに来た最初の日に、ペロとハーブティーを飲んだティーラウンジ。きょうもここには、光が満ち溢れている。風が吹くたびに庭に映った木漏れ日が揺れる。私たちの他にも何組かのカップルがここで遅い昼食を摂っている。

「あの人はどれくらい前からここに住んでいたの？」今日は地味な薄い色をした爪で柔らかなパンの耳を千切って、トロリと澱んだカボチャのポタージュに浸しながらあなたはきいた。

「そうですね、もう五年になりますね」私は答える。紅茶を飲む。細かい模様の入った華奢なティーカップ。ローズの香りが、口の中を満たす。

「どんな人だったの？」あなたはナプキンで唇をそっと拭う。

「知りたいですか？」

「ええ。知りたいわ」

銀行員だった夫が定年退職になって三年目にあの人は離婚した。あなたの夫と同じように、あの人の夫にもその理由がわからなかった。何十年もたいした喧嘩もせずに連れ添ってきたし、夫が定年退職してからはどこに出掛けるにも一緒で、とても仲の良い夫婦だと思われていたから。娘と息子と孫たちに囲まれて、誰の目にも彼女には幸せな老後が約束されているように見えた。

けれど、あの人はそういうふうに人生を終えることを選ばなかった。あの人はある日突然、夫に離婚届を突き出し、家を出た。夫と別れると同時に、彼女は娘や息子や孫たちとも別れた。妹や弟とも別れ、今までの自分のすべてと別れて、彼女はここにやって来た。「彼女は後悔していなかったのかしら？」あなたは言う。銀のフォークを光らせながら、ボウルの中のレタスを食べる。このティーラウンジでは、今日もすべてのものが光を放っている。

「さあ、それは私にはわからないことです」私は答える。「けれど、そうだといいと思っています」

あなたは私の目をじっと見つめて、静かに紅茶のカップを傾ける。

「そうね、そうだといいわね」そうあなたは私に言う。

「あなたはどうですか？　後悔していますか？」

あなたは答えない。もう一度紅茶を啜り、私に笑い掛ける。それはとても素敵な笑顔だ。

「不可能な夢を見ること。勝てる見込みのない相手に挑むこと。耐え切れない悲しみに耐えること。勇者も行かないところへ敢《あ》えて向かうこと。……それがどんなに絶望的でも、それがどんなに彼方でも、私はそれを目指す」

「どうしたの？　突然」

「ドン・キホーテです。急に思い出したんです」

「そうできたら、素敵ね」あなたは微笑んだ。

私はあなたに微笑み返し、それからカップに残った紅茶を飲み干した。

28

女の下腹の薄い肌の上に、緑色の芋虫がポトリと落とされた。女の小指ほどの大きさの、まるまると太った芋虫。その瞬間、芋虫は驚いて丸くなり、それから体を反転させて這い始めた。臍の窪みに潜り込もうとした。

女は悲鳴を上げた。けれど、それは声にはならない。くぐもった呻き声が、部屋の中に響くだけ。女は白い体をよじろうとする。けれど、それもできない。ベッドの四隅の柱に縛りつけた、太いロープが張り詰めて鳴るだけ。

壁のモニターの画面が、それぞれの部屋の様子を映し出している。葬儀から戻った女たちは黒い喪服と黒い下着を脱いでシャワーを浴びた後で、エアコンの効いた部屋のソファでくつろいだり、ベッドでマッサージをしてもらったり、眠ったりしている。男を部屋に呼んで冷たいビールを飲んでいる女もいる。どの部屋にも光が満ち溢れている。

モニターの中のひとつにこの部屋が映っている。カーテンを引いた薄暗い部屋。私たちの部屋だけが暗い。画面に映し出されるベッドの上の女。両手両脚を大の字に開かされ、ベッドの四隅の鉄の支柱に白いロープで仰向けに縛られている裸の女。

あなたは、最近いちだんと痩せた体に、白いシルクの小さなショーツだけを穿いて、口にはゴムのボールを押し込まれて、脅えた目を大きく見開いて、自分の下腹部でうごめく緑色の幼虫を見つめている。あなたが体をよじって幼虫を振り落とそうともがくたびに、小ぶりな乳房が左右に揺れる。

私は右手にグラスを持ち、モニターの画面を眺めながら、左手でその乳房を静かに撫でる。小さく尖った乳首をつまむ。

あなたは頭を振る。汗ばんだ額に髪の毛が何本か張り付く。くぐもった呻き声を上げて、私に何かを訴えかける。

乳房から手を離し、私は机の上の飼育箱から別の幼虫を取り出す。幼虫は頭部からオレンジ色の角《つの》と、きつい柑橘系の匂いを出して私を威嚇し、緑色の柔らかな体をくねらせて私の指から逃れようとしている。口いっぱいに押し込まれた、唾液にまみれた黒いゴムボールを嚙み締めてあなたはそれを見る。

私はあなたの体の上に、幼虫をかざす。手を離す。

幼虫が乳房と乳房の間に落ちて小さく弾んだ瞬間、あなたは体を弓なりに反らし、手首に巻きついたロープを握り締めて、呻き声を漏らした。

「心配はありません。毒はないですから」私はグラスの中の液体を口に含む。

ソファの右手には低いテーブルがあって、その上で太いブルーの蠟燭が燃えている。暗い炎がゆらゆらと揺れている。

部屋の中は静かだ。口に詰め込まれたゴムボールの隙間から漏れるあなたのくぐもった声と、あなたの背中がシーツをこする音。ベッドに縛りつけたロープとベッドのスプリングが軋む音。他には何も聞こえない。

私は目を閉じる。グラスの中の液体を飲む。それからまた飼育箱に手を伸ばし、中の幼虫をつまみ出す。幼虫の頭部のふたつの大きな目玉模様。それが、本物の目のように私を睨む。

私はあなたが穿いたショーツの、臍の下のゴムの部分をそっと持ち上げる。そこに緑色の虫を這わせる。

あなたは呻きながら腰を突き上げ前後に振る。ベッドの支柱がギシギシと鳴り、汗にまみれたマットが軋む。ロープが張り詰めて、細い手首に食い込む。

私は幼虫から手を離す。ショーツの薄い布の下で、緑色の幼虫がもがいているのが透けて見える。幼虫は苦しそうに体をくねらせながら、あなたの陰部に向かっていく。

あなたの体は噴き出した汗でびっしょりだ。蠟燭の灯に光っている。目を逸らし、自分の体の上を這い回る幼虫達を見ないようにしている。

あなたは美しい。かつて美しかったものが、日ごとに衰えて、色褪せていく美しさ。そのはかなさ。そして、その衰えを何とかして食い止めようとする不毛な努力の空しさ。私はあなたから目を逸らすことができない。

グラスの中の液体を飲み干し、そこに、飼育箱から取り出した幼虫を入れる。一匹、二匹、三匹、四匹、五匹、六匹。

強いアルコール分の残るグラスの中でたくさんの緑色の芋虫がうごめき、絡み合っている。

私は幼虫を満たしたそのグラスをあなたの上で傾ける。絡み合った幼虫たちはあなたのへこんだ腹の上に落ち、縺《もつ》れ合って這い始める。胸へ、下腹部へ、あるいは脇腹へ。あなたは堅く目を閉じ、また呻き声を漏らしながら痙攣する。

「芋虫は嫌いですか?」私はあなたに笑い掛ける。口いっぱいに頬張ったゴムボールを噛み締め、脅えた表情であなたは頷く。開いた目からは涙が流れ落ちている。

私はテーブルの上の青い蠟燭を手に取る。炎が揺れて黒い煙が舞い上がる。床に伸びていたベッドの支柱の影が、ベッドの下に縮こまる。

「それでは虫を殺しましょう」

私の言葉にあなたの目はいちだんと脅える。ゴムボールをくわえたまま、私を見る。訴えかけるような、許しを乞うような目。

私は手にした燃える蠟燭を、あなたの臍に潜り込もうとしている緑色の幼虫の上にかざす。傾ける。滴り落ちる蠟。薄いブルーの蠟の雫《しずく》が吸い込まれるように、幼虫の緑の皮膚に落ちて張り付く。その瞬間、あなたはビクッと痙攣したように震え、ゴムボールを口に含んだまままくぐもった悲鳴を上げた。

熱い蠟を垂らされた幼虫は、一瞬跳ね上がり、熱さに身悶えした。体を反転させ、捻《ねじ》った輪ゴムが元に戻るように跳ね回った。

私は再び蠟燭を傾けた。今度は幼虫の体を逸れ、熱い蠟はあなたの臍に流れ込んだ。あなたの呻き声はさらに大きくなり、ベッドの鉄の支柱が曲がってしまうくらい強くロープを引っ張った。堅く張り詰めた太股の細い筋肉が美しく浮き上がって震えた。

「狙いが逸れるから動いてはいけません」

私は蠟燭を傾ける。ブルーの蠟の雫が連なって幼虫を覆い、流れ落ち、苦しみに悶えていた幼虫は、やがて、あなたの腹の上でぐったりと動かなくなった。あなたは激しく体を震わせ、ゴムボールの隙間から声にならない声を上げ続ける。流れ落ちた汗でシーツが体に張り付く。肩を上下に喘がせながら私を見上げる。大きく見開いた瞳が濡れて潤んでいる。ルージュが滲み、唾液が唇の端から流れている。

私は蠟を落とし続けた。今度は乳房の間を這う幼虫に。蠟に焼かれた幼虫は、濃い緑色の液体を口から吐きながら、悶え、のたうつ。幼虫の体から流れた蠟が、汗で光るあなたの白い皮膚を覆う。夥しい量の蠟に覆われたあなたの皮膚は、薄いブルーに変わっていく。

溶けた蠟があなたと幼虫の皮膚に落ちるたびに、蠟の雫が皮膚の上を流れるたびに、あなたは声を上げて震え、体をよじり、腹部を大きく波打たせながら喘ぐ。緑色の幼虫と一緒になって喘ぐ。

　私は今度はショーツの中の幼虫を狙う。薄いシルクの布の下で這い回る緑色の虫。布の上からそこに蠟を垂らす。性毛が淡く透けて見えるすぐ上。白いショーツを、蠟がブルーに染める。

　あなたは目を閉じ、諦めたように呻き声を漏らし続ける。

　薄い布とあなたの皮膚の間に挟まれて幼虫はのたうち、緑色の液体を吐きながら死んでいく。

　私は蠟を垂らす。ベッドに大の字に縛りつけられたあなたの肩に、首筋に、腕に、腰に、脇腹に。汗で光るあなたの皮膚は大量の蠟に覆われ、薄いブルーに変わった。もう幼虫は動かない。ブルーの蠟に覆われて、あなたの皮膚の上で固まっている。

「死にました」私は言う。

　あなたは朦朧《もうろう》とした目を開いて私を見、小さく頷いた。

29

私は死体が発毛するということを知らなかった。

だから、自分の部屋に運び込んだ母の死体の腋《わき》の下の毛が、少しずつ伸びているのを知った時には驚いた。

母を殺した翌日。あるいは翌々日だったかもしれない。母の部屋の化粧台の引き出しから、私は銀色に光る毛抜きを見つけだした。私はその小さな器具を指に持って、ベッドに仰向けになった裸の死体の両腕を、万歳をするように上げさせた。そして、白くて柔らかな腋の下の皮膚に顔を近づけ、手にした毛抜きで黒く頭を出し始めた毛の先端をつまみ、一本一本抜いていった。そこからは、母が夜だけ使っていた甘い香りの香水が強く匂った。その秘密の香りに、私はまた欲情した。

カーテンを開け放った部屋の白いベッドの上には、冬の光が舞っていた。葉を落とした樹木の枝の影が、死体と私の上を何度も横切った。

私は死体が傷まないように、部屋に暖房を入れていなかった。私の吐く息は白く曇った。毛抜きに私の息が吹き掛かり、銀色のそれも白く曇った。私の指は寒さのせいで細かく震えていた。毛抜きが毛先をつまむと、それは黒い毛根とともに、ほとんど何の手ごたえもなしにスルッと皮膚から抜けた。私は抜き取った五ミリほどの小さな毛を、白いティッシュペーパーの上に、一本一本植えつけるようにして並べていった。

私の性器は硬くなり、もう耐えられなかった。毛抜きをベッドの縁に置いて、母に穿かせたショーツを引き下ろす。サイドテーブルの上からローションの瓶を取る。掌にトロリと流れて光る冷たいローションを女性器に塗る。女性器の中に指を入れて奥のほうまで、たっぷりとそれを塗りつける。それから硬く勃起した男性器の先端を死体の股間にあてがうと、腰を突き出し、濡れて光るその中に一気に埋め込んだ。

そこはもう、暖かくはなかった。ひんやりと冷たく、火照った男性器に心地よかった。私は母の上に倒れ込み、その体を抱き締め、髪を掻き毟り、顔中に口づけをしながら激しく腰を動かした。

私が性器をどれほど深く突き入れても、もう母は反応しなかった。けれど、目を閉じると私の中では、母はまだ生きていた。

彼女は私の背中に爪を立て、細い両脚で私の体を締めつけ、私の肩の肉を噛み締めて、今も激しく喘いでいる。

30

箱の中で逃げまわる緑色のバッタを、あなたは恐る恐るつまみ出した。

「さあ、籠を開けて中に入れてください」

私に促され、あなたの長い爪が、華奢な竹籠の蓋を押し上げる。バッタを中に入れる。あなたが蓋を閉める前に飢えた雌のカマキリは獲物に襲い掛かった。あなたは思わず顔を背ける。カマキリの鋭い腕がバッタの背中を摑む。片方の鎌が頭を、もう片方は柔らかな腹部を。バッタの鮮やかな羽が広がる。

「あの人たちにも約束の虫をあげたの？」虫籠から目を背けたままあなたはきいた。

私は虫籠の蓋を閉めながら答えた。

「ええ。何人かには。彼女たちは籠の虫が死んだ日に、自ら冷凍室に入りました」

「私もこの虫が死んだらそうしなければならないの？」

「いいえ。それはあなたが決めてください。すべてを決める権利はあなたが持っていてください」

カマキリに腹部を食い破られて緑色の体液を流しながら、バッタはまだ生きている。緑色の大きな複眼には何が映っているのだろう？　触角が細かく震えている。強い跳躍力を持った脚が時々空しく宙を蹴る。

「わかったわ。私が決める」

あなたは言うと、私に優しく笑いかけた。

31

深夜、館に住む人々が寝静まった時間。私は下着姿のあなたを連れて散歩に出た。手にはカマキリの入った虫籠を提げている。

私たちは最上階の私の部屋を出て、カーペットを敷いた長い廊下を歩いて行く。私の前を行くあなたは、踵の高いパンプスが不安定に揺れて歩きづらそう。細いヒールの先端がカーペットに沈み込む。細いふくらはぎの筋肉が堅く張り詰めて美しい。あなたの左の足首には、さっき私が巻いた金の細い鎖が光っている。ぎこちなく脚を踏み出すたびに、それがあなたの細い足首で揺れる。

廊下の窓からの月明かりが、カーペットに描かれた幾何学模様を照らし出す。あなたの白い背を、窓の桟の影が幾度も横切る。「こんな恰好で歩きまわって誰かに会わないかしら?」あなたは私を振り向いて言う。

「会っても構いません。ここでは、誰も他の人のことなど気にはしていませんから」

長い廊下を抜け、暗い橙《だいだい》色の明かりの灯《とも》った緩やかな階段を降りて、私たちはカクテルラウンジに行ってみる。

もう誰もいない真夜中のカクテルラウンジ。そこにも青白い月の光が満ちている。椅子やテーブルの影が、磨き上げられた大理石の床に映っている。あなたのパンプスの踵が、コツコツと硬い音を立てる。

「何か飲みますか?」私はきく。

「それじゃあ、あまり強すぎないカクテルを作って」

私はカウンターの明かりを点けた。布のシェイドを被った小さな電気スタンド。その明かりに、棚に並んだたくさんのボトルが浮かび上がった。

冷蔵庫から氷の塊を取り出して厚い木の台の上に置き、ラスターの上から、アイスピックの頭で叩いて粉々に砕く。砕かれる氷の音が、静かなラウンジに響き渡る。

大きめのグラスに砕けた氷をいっぱいに入れ、その上からブルーキュラソーを静かに注ぐ。

あなたは背の高い椅子に腰掛けて、カウンターの上に虫籠を置き、爪先に引っ掛けたパンプスと足首のアンクレットを揺らしながら、カウンター越しに私の手元を見つめている。

「音楽をかけましょうか?」私がきき、あなたは、コクリと小さく頷く。こんな微かな光にさえも、あなたのイヤリングが鮮やかに光る。まるで髪の中に、星が煌《きら》めいているかのよう。

私はアンプのスイッチを入れた。月の光が満ちたラウンジに、静かにピアノの音が流れ出した。

「さあ、飲んでみてください」私はカウンターの上に、できあがったブルーのカクテルを置く。

あなたはそっとストローに唇を付ける。ルージュの光る薄い唇。白い喉が上下に震える。ストローが長すぎるので、少し飲みにくそうだ。

私はカウンターから出ると、あなたの隣に腰を下ろし、その体を撫でた。薄い滑らかな皮膚に包まれた、骨張った体。ローションを塗って、ヤンに毎日マッサージを受けたあなたの肌は、赤ん坊のそれのよう。一日ごとに若返っていく。

「味はどうですか?」

「おいしいわ」あなたは笑う。指でそっと支えてストローを吸う。

「ここでは南極の氷を使っているんですよ。それは何万年も前にできた氷なんです」

私はカウンターの上にあったグラスにブランデーを注ぎ、残った氷を入れる。何万年も前に作られた氷がグラスの中でとける。弾《はじ》ける気泡の音。グラスを少し揺らしてから、唇を付ける。

「もっと早くここに来ていれば、もっと違う人生があったかもしれないのに」あなたは言う。

「でも、若い時にはそうは思えなかったかもしれませんよ。若い時には、いろんなものが欲しくてしかたがないものですから」

「そうね」あなたは笑う。

そして、あなたはまた息子さんのことを思い出す。ストローに唇を付ける。私はカウンターの向こう側から鋏《はさみ》を取り、あなたが飲みやすいようにストローの先端を少し切り詰める。

「この頃ね、昔のことをよく思い出すの」

ストローから唇を離してあなたは言う。

「あなたと一緒にいる時とか、それから一人でいる時にも。ずっと昔のことを思い出すの」私の目を見る。

私はブランデーのグラスを傾けながらあなたの話を聞いている。グラスを傾けるたびに、中の氷が転がって乾いた音を立てる。

「昔、港で外国人に頭を撫でられたことがあったわ。黒い肌をしてた。もう、ずっと大昔、まだ六歳か七歳の頃よ。四十五年以上も前ね」

照れたようにあなたは笑う。

「父と母と姉とで港に行ったことがあってね、私たちは波止場に打ち寄せる波や、停泊している大きな貨物船を眺めながら、港を歩いていたの。たぶん、夏の初めの頃だったような気がするわ。そうしたら、向こうからとても背の高い外国人が笑いながらやって来て、擦れ違いざまに私の帽子を撫でて行ったの。びっくりしたわ。その頃は私たちの住んでいた港町でもまだ黒い肌の人は珍しかったから」

私はカウンターの上のブランデーのボトルを再び傾けた。琥珀色の液体をグラスの中に満たす。グラスに陽炎《かげろう》が揺れている。

「煙草が吸いたい」あなたが言い、私は胸のポケットから煙草を取り出して口にくわえると、カウンターにあったマッチで火を点ける。火の点いた煙草をあなたに手渡す。あなたは目だけで微笑み、ゆっくりと大きく煙を吸い込む。ルージュの付いたフイルターを指先でつまみ、唇をすぼめて煙を吐き出す。おいしいわ、と笑う。

「その人はどうしました？」

「どうもしないわ。真っ白な歯を見せて、ただ笑って通り過ぎて行っただけ。その時、私が被っていたのは、つばの大きな真っ白い帽子だったの。彼が通り過ぎてから私は、慌てて帽子を脱いで見てみたわ。黒い手をしていたから帽子が黒く汚れてるんじゃないかと思ったの。もちろん、帽子は汚れてなんかいなかったけれど」あなたは笑う。また唇に煙草をくわえる。目尻に小さな皺がいくつもできる。

あどけない話ですね。私も笑った。

「どうして急にそんなこと、思い出したのかしら？」煙を吐き出してから、あなたは言った。その瞳は、濡れたように潤んでいる。

「不思議ね。この頃、本当に昔のことばかり思い出すの」

私はあなたの細い剝き出しの肩を抱き寄せた。

「あなたの話がきけて嬉しいです」

そっと唇を合わせた。あなたの口からは微かに煙草の匂いがした。

32

壁を埋めたすべてのモニターの中で、俯せに拘束されたあなたが喘いでいる。

私は今夜はあなたを眠らせないだろう。こうして一晩中、あなたと、モニターの中の女たちを喘ぎ続けさせるだろう。

あなたの意識が薄れ始めて朦朧となり、声も途切れ途切れになった頃、私はあなたの女性器と肛門から濡れた合成樹脂の塊を抜き取り、かわりに前よりも太いそれを押し込むだろう。あなたの体は、その新たな、より強い刺激に再び反応を始めるだろう。

私はあなたの傍《かたわ》らに腰を下ろし、リモコンでその振動を強くしたり弱くしたりして調整しながら、ベッドの上のあなたと、モニターの中の女たちを交互に眺めている。

次から次へと打ち寄せる果てしない快楽の中で、あなたには幻影が見えるかもしれない。自分が幻想の世界に入り込んでしまったような気になるかもしれない。けれど、もうあなたにはわからない。何が本当なのかが、もうわからない。私とあなたが一緒になって作り出しているこの世界が幻想なのか、それともあなたが五十年以上を暮らしてきた世界が幻想なのか、もう今ではあなたにはわからない。

あなたは女性が快楽に身を委ねるのは、はしたないと思ってきた。それは淫乱な女性のすることだと思ってきた。けれど、それは間違っている。

あなたは美しい。

年を取り始めた女性が快楽に身を委ねている。それはまるで、秋に色づく森の木々のよう。

俯せに縛り付けられたまま、あなたは今夜、何度も頂点に達するだろう。若い頃に得ることのできなかったものを、今になって取り戻そうとでもいうかのように、激しく、そして飽くことなく求め続けるようになるだろう。

あなたは喘ぐ。空が明るく白み始め、森の中で鳥たちがさえずりを始めるまで。休むことなしに声を上げ続ける。

誇りを放棄し、信条を放棄し、自信を放棄し、人生観を放棄し、あなたがこれまでの人生で築き上げてきたすべてのものを放棄して、いつまでも、いつまでも声を上げ続ける。

33

来る日も来る日も母の死体を犯すうちに、私は肛門を犯すということを思いついた。それは、再び心臓が跳ねまわるような刺激的な思いつきだった。

俯せに寝かせた死体の肛門は最初は堅い蕾《つぼみ》のように閉じていた。私は死体の腹の下に羽毛の枕を押し込んで尻を高く上げさせ、死体の肛門をオイルでマッサージした。オイルを塗った指先で何度も揉みほぐすうちに、それはだんだんと柔らかくなっていった。私はオイルで濡れた中指を、柔らかくなった死体の肛門にそっと押し込んだ。それは何の抵抗もなく私の指を、その付け根まですっぽりと飲み込んだ。しばらく中で指を動かしていた後、今度は二本の指をそこに入れてみた。それが可能だとわかると、次には指を三本入れた。死体の肛門はいっぱいに広がり、三本の指をきつく締めつけた。

私の心臓は信じられないくらい高鳴っていた。あまりの鼓動の強さに脳の血管が圧迫されて頭が痛んだ。私は母を殺した晩を思い出した。ふたつの部屋の間の扉を開いて、母の部屋に忍び込んだあの晩の興奮を。

私は震える手で硬く勃起した男性器にもオイルを塗り込んだ。そして光って打ち震えるそれを、収縮する力を失い緩く口を開けたままの小豆《あずき》色の肛門の中に、静かに埋め込んでいった。

最初は少し抵抗があった。けれど、それは思ったよりも容易に母の中に埋まった。

私は俯せになった母の背にのしかかり、後ろからその体を支え、細い腰を引き寄せながら、ゆっくりと自分の腰を前後に動かした。

34

羽化の終わった蝶が、その濡れて光る羽をすっかり開き終わり、今まさに羽ばたこうとする瞬間、私はそこにシアン化カリの毒瓶をかぶせた。蝶はまるでそれに気づかないかのようだった。何事もないかのように、羽が乾いて飛び立つ瞬間を待っている。しかし、やがて少しずつ、だが確実に毒が効いてくる。

繊細な触角が細かく震えて、毒の存在を蝶に知らせる。蝶は羽ばたいて逃げようとした。けれど、それはできなかった。もはや蝶は羽ばたくことはできない。酸素を断たれた筋肉は、もう決して動くことはない。その細い脚も決してそこから離れることはない。生まれたそのままの姿勢で息絶えて、蝶は生物から物質に変わっていく。

夜が明ける頃、あなたは少しだけ眠ることを許される。

汗にまみれたあなたの体を私は濡れたタオルで丁寧に拭った。

今、館を囲む森の上に、朝の太陽が覗き始めた。目を覚ました木々の葉が深い緑色に輝き始め、待ち侘《わ》びたかのように光合成を始めた。鳥たちが巣を離れて枝の間から朱色の空に飛び立った。

一晩中快楽に溺《おぼ》れ続けたあなたは意識を失い、深い眠りに落ちていった。両手両脚を大の字に広げられ、ロープで俯せにベッドの四本の柱にくくられたまま。

死体のよう。身動きひとつしない。

私はあなたの手足のロープを外し、剝き出しの背中に柔らかな毛布を掛けた。

35

あなたと私との約束は続けられた。

あれほど強烈だった真夏の陽射しは、日ごとに親しみやすい温もりへと変わっていった。

あなたも変わった。生まれて間もない幼児が毎日いろいろなことを学習していくように。あなたは一日ごとに変わっていった。

あなたは約束の合間に、あるいは朝陽に包まれたベッドから体を起こした時に、窓の外の森を眺めた。日ごとに色を変えていく森。吹き抜ける風の匂い。鳥の鳴き声。虫の声。

あなたは五十三年間の人生を思った。


この頃あなたは食事の時に、昔のことを話してくれる。

今では私たちはほとんどこの部屋から出なかった。その昔、私の母が使っていた部屋に、黒ずんだ古い木のテーブルを出して、そこで食事をした。カーテンをいっぱいに開け放った広い窓から、夏の終わりの朝の光が注いでいる。

ヤンがテーブルに食事を運んできた。白い皿に注いだ透き通った琥珀色のスープと、そこに浮いた狐色のクルトン。サニーレタスとトマトのサラダ。それにスライスした山形のパンとベーコンエッグ。ミルクとオレンジジュースとコーヒー。

「いつもありがとう」あなたが言うと、ヤンは、「いいえ。それにしても奥様、最近また美しくなられましたね」と、いつものように笑わずに言った。

真顔のヤンに誉められて、あなたは少し頰を染めた。

あなたと私はシャワーの後の素肌に、柔らかなタオル地のローブを羽織っている。もう今朝はエアコンは必要なかった。乾いた涼しい風が、私たちの洗いたての髪と、一輪挿しの薄紫のキキョウとを揺らしていく。

テーブルの真ん中に置いたふたつの竹の虫籠の中では、小さな雄と大きな雌のカマキリがそれぞれ、キキョウの花の揺れに反応して鎌をもたげて身構えている。

ヤンがお辞儀をして部屋を出て行った後で、今日もあなたは自分の幼かった頃の話をした。両手でパンを千切ってクリーム色のバターを塗りながら。

あなたは、ものを捨てることに異常な抵抗を持つ子供だった。あなたは自分と少しでも関わりのあったものは何ひとつ失いたくなかった。チューインガムを吐き出すことさえもできないほどだった。吐き出されたチューインガムがドブの溝に落ちるのを見て、もうこのガムとは二度と出会うことはないんだ、そう思って幼いあなたは悲しい気持ちになった。「よく母に言ったわ、私の服は着られなくなってもひとつも捨てないでね、って。全部取っておいて、部屋にしまっておいてね、って」

私はスープを口に運びながらあなたの声を聞いている。まるでオルゴールを聞くように。そう、あなたの話し方はここに来てから随分と変わった。優雅に、そして、しなやかに、あなたは話をするようになった。化粧がすっかり落ち、脂気のなくなったあなたの顔は、この明るい部屋ではさすがに小さな皺が目立つ。けれど、その小さな皺の数々さえも私には美しく見える。

「壊れてしまった人形やぬいぐるみはもちろんだけど、破れたタイツや、皺くちゃになった折り紙でさえも捨てられなかったわ。どんなものとでも別れるのは辛かったの。せっかく出会えたんだから。どんなガラクタでも、何でもかんでも全部、机の引き出しや押し入れの奥の箱の中にしまっておいたの。おかしいでしょう?」

あなたは上品に笑って、千切ったパンを口に運んでいる。

私には、すべてのものを押し入れの秘密の箱の中にしまい込む少女の姿が見えるようだ。

そう、あなたは捨てることができなかった。

あなたは長い間、そうしてすべてのものを守ろうとしてきたのだ。あれも、これも、何もかもを。

「長い間欲しかったものや、大事に取っておいたもの、無理して守ってきたものを諦めると、急に楽になりますよ」今度は私があなたに言う。

あなたはコーヒーでパンを飲み込みながら、私の話に耳を傾けた。

「幼い頃、森で子猫を拾ってきたことがありました。白と茶色の生まれたばかりの子猫。ここはホテルだから飼うことは許されなかった。けれど私は自分の部屋で、隠れてそれを飼ったのです。今、私たちが食事をしているこの隣の部屋です。一週間か十日の間、私はコソコソと母に隠れて猫を飼っていました。それをある日、母に見つけられたのです。母はすぐに捨ててくるように私に命じました。私は飼い続けたいと頼みましたが、許してはもらえませんでした。しかたなく、森に子猫を捨てに行きました。それはとても悲しいことでした。けれど私は何とか諦めたのです。泣きながらようやく森の奥に猫を捨てて、ここに戻る道すがら、なんだかほっとしたことを覚えています。悲しくてしかたなかったけれど、でも、もう欲しくないと決めると、楽になることを知ったのです。諦めるということを知ったのです」

あなたは何かを思い出しながら私の話を聞いている。あなたが欲しかったもの、あなたが守ってきたもの。

息子さんが死んだ時、あなたは実はそんな気がしたはずだ。とても不謹慎な言い方かもしれないし、その時はあなたも死のうと思ったくらい悲しみにうちひしがれていたのだけれど。でも、心のどこかでそんな気持ちがあったはずだ。離婚した時もそう。苦労して守ってきたものを、もう守らなくてもいいとわかった時、人は誰でもほっとする。どうしてあんなものを、あんなに必死になって守ろうとしたり、欲しがったりしたんだろうと思う。

「それじゃあ、あなたにはもう欲しいものや、持っていたいと思うものはないの？」

あなたは私にきいた。

「そうですね、今では欲しいものはほとんどありません。あなた以外は」

私はそう言って笑った。まだ湯気の立っているコーヒーを飲む。酸味の少ない、苦いコーヒー。

「私にも、今ではもう欲しいものはないわ」あなたはナプキンで唇を拭う。テーブルに置いたシガレットケースから煙草を出してくわえる。顔に新たな皺を作って少し笑う。

私はライターであなたの煙草の先に火を点けながら笑い返す。

「もう、何も欲しいとは思わないわ」

唇をすぼめて細く煙を吐き出しながら、あなたはもう一度そう繰り返した。

36

あなたはベッドから汗ばんだ体を起こして、プールで泳ぎたい、と言った。

もう真夜中。館の中もすっかり寝静まっている。

「いいですね。それではヤンを呼んで水着を運ばせましょう」

つい二、三日前から、この部屋でも虫の鳴く声が聞こえるようになった。耳を澄ますと、すぐ窓の向こう、小さな花台の辺りで途切れ途切れに声を震わせて鳴いている。

「わざわざヤンを呼ぶことはないわ」

あなたはいたずらっぽく笑った。もう今では、あなたはそんな笑い方もできるようになった。

「どうせ誰も見ていないし、それにここでは誰に見られても平気でしょう?」

羽織っていたローブを足元に落として、あなたはプールサイドに立った。照明をすっかり落としたプールサイド。周りを取り囲む芝生が、月の光を受けて鮮やかな緑色に輝いている。

ここにも虫の声がさざめいていた。芝生の中から。あるいはプールサイドの植え込みの中から。

ローブの下に、あなたは何も着ていない。骨張って痩せた体が、暗闇の中に白く浮かび上がる。

あなたは屈み込んで、プールの水にそっと左足の先を入れた。金のアンクレットを巻いた細い足首。

「そんなに冷たくないわ」

そう言うと、あなたは水に飛び込んだ。白い体が、鏡のように静かな水面に、垂直にすっと吸い込まれるように消えていった。水はほとんど波立たない。水面に映った月が微かに歪《ゆが》むだけ。小さな泡がいくつか残ってはじけた。

暗い水の中、プールの底を這うように、あなたの白い体が進んで行く。反対側のプールサイドまで息継ぎもせずに泳ぎ着き、初めて顔を出した。

「気持ちいい。あなたもいらっしゃいよ」私に向かって手を振った。

私もローブを脱ぎ、裸で水の中に入った。冷たい水が私の体をすっぽりと包み込み、体の熱を奪っていく。

このプールに入るのはいったい何年ぶりだろう。水は澄んでいる。水中に潜り、あなたに向かって泳いで行く。掌がしっかりと水の感触を掴む。私の周りを勢いよく水が擦り抜けていく。

水の中は月の光に照らし出されて、思ったよりもずっと明るかった。遥か彼方に、白い二本の脚で水を掻き続けて水面に浮かんでいるあなたが見えた。私の吐き出す空気が細かい泡になって耳の両脇を上がっていった。その音だけが聞こえた。

私がようやくあなたのところまで泳ぎ着くと、あなたは笑いながら身を翻し、また別の方向に向かって泳ぎ始めた。水の中を滑るようにしてぐんぐん進んで行く。私にはあなたを捕まえることはできない。私から三十メートルも離れたところで顔を出して、あなたはまた私に手を振った。

「水泳は昔から得意なの」

あなたは濡れた髪を掻き上げてまた笑った。

水面が揺れている。月が揺れている。水に浮かぶ何枚もの木の葉が揺れている。私は再び水に潜り、あなたの後を追った。何とかあなたに追いつこうとして水を掻いた。私の手がようやくあなたを捕まえそうになると、その瞬間にあなたは魚のように私の手をくぐり抜けて、また別の方向に向かって泳ぎだす。水の中であなたが脚を動かすたびに、白い体は私から見る見る遠ざかって行く。

私はあなたに追いつくために、また水の中に潜った。月明かりの青い水底に腹が付くくらい深く潜って見上げると、遥かに上の水面で月が揺れているのが見えた。

私は策略を思いついた。ゆっくりと息を吐き出しながら、体の力を抜き、プールの底に仰向けになった。水死体のように漂う。私の吐く泡が、水の中をクルクルと踊りながら上がっていって水面ではじける。

どこからかあなたが近づいて来た。あなたが腕で水を掻くたびに、ふたつの小さな乳房が揺れた。あなたは水の中で何か言っている。大きく目を見開いている。私がどうかしたと思って驚いている。私は動かない。あなたは私に腕をまわし、水面に引き上げようとする。あなたの性毛が私の脇腹をくすぐる。

その瞬間、私はあなたを捕まえた。あなたの背中をしっかりと抱き締め、水の中であなたの唇を吸った。柔らかな舌が絡み合う。

「卑怯者《ひきょうもの》！」

水面に出てあなたは言った。笑っている。「びっくりしたわ、溺れたかと思ったわ」

「とても追いつけない」私は言った。

「キャリアが違うわ」あなたは再び私の腕から逃れ、水の中に滑るように泳ぎだした。

あなたの全身が月明かりに輝いている。私は湖の中をうねるように泳いで行く、遥か昔に絶滅したという恐竜の姿を思い浮かべた。

37

テーブルに置いた電熱器の上で、鉄の鍋に入れた油が沸騰している。その熱さで私たちは額に汗を浮かべている。

「油を充分に温めるのがこの料理のコツです」私は言った。

電熱器の脇に置いた木綿の袋の中では、何十匹ものコガネムシの幼虫がうごめいている。一晩吊して糞を出させた後、水で綺麗に汚れを落とした、女の指ほどの大きさのいくつもの節を持った、よく太った幼虫。六本の小さな脚と、五対の吸盤と、黒く大きな複眼。

私は袋の口を開けて中の幼虫をあなたに見せた。その中の一匹をつまみ出す。

「気持ちが悪いわ。そんなの食べられない」あなたは顔をしかめた。

「メキシコではポピュラーな食べ物です。ビールに合いますよ」

指の間で幼虫は柔らかな体をよじり、小さな脚で私の指を摑んだ。鋭く尖った歯で私の皮膚を嚙んだ。私は袋の中にそれを戻した。袋の中では、白い皮膚の柔らかく膨れた何十匹もの幼虫たちが、お互いに絡み合い、縺れ合ってもがいている。

「そろそろいいでしょう」

私は、袋を持ち上げ鍋の上に袋の口をかざすと、煮立った油の中に幼虫たちを一気に流し込んだ。音を立てて油がはねる。煙が上がる。煮えた油の中で、太った幼虫たちは全身から細かい泡を立て、縺れ合ったまま鍋の底に沈んでいく。白い体を一、二度激しくくねらせてもがく。小さな脚が何かを摑もうとしている。そして動かなくなる。

「残酷ね」鍋からはねる油を避《よ》けながらあなたは言った。

「そうですか？　牛や豚も殺すでしょう」私は笑う。

鍋の底から浮かび上がってきた幼虫を、鉄の網で順に掬って皿の上にあける。皿の上で、狐色に黄ばんで堅くなってしまった幼虫たちはまだ音を立てていた。その上に塩と胡椒を軽く振り掛ける。

「食べてみてください」私は、皿の上で湯気を立てているそのひとつをつまんで口に入れた。カリッとした歯触り。滑らかな体液が溢れ出て口の中を満たす。

あなたは恐る恐る皿に手を伸ばした。目を閉じて口に入れる。顔をしかめて少しだけ嚙み、それから無理に飲み込んだ。

「どうですか？」私は笑う。

「わからないわ」あなたはグラスの中のビールを飲んだ。

38

カーテンの隙間から入る強い月の光が、ちょうどあなたの瞼を照らしている。瞼の薄い皮膚が震えている。

私はあなたの隣でベッドに体を起こして、グラスに注いだブランデーを嘗めている。私たちが掛けた薄い毛布が、呼吸に合わせてゆっくりと上下している。

こうして毎晩、私はあなたの寝顔を眺めている。長い間。決して私が先に眠ることはない。

私はこの頃しばしば思う。あなたを本当に標本にすることができるのだろうか、と。私はあなたのいなくなった生活を思う。あなたを冷凍室に訪ねる日々を思う。今までの標本の女性たちのように、あなたを殺すことができるのだろうか？　あなたを冷凍して、私のコレクションとしてあそこに並べることができるのだろうか？

私はグラスを枕元に置いた。いつの間にか、月の光はあなたの瞼ではなく、あなたの額に移っていた。私はそこに、そっと手を触れた。微かに汗ばんだあなたの白い額に。

あなたが目を覚まさないように私は静かにベッドから抜け出した。素肌の上にタオル地のローブを羽織り、その上からクロゼットの中の毛皮のコートを羽織った。

あなたはよく眠っている。私がベッドを出る時に寝返りを打ったが、目は覚まさなかった。微かに瞼が震えただけ。

私は部屋を出ると、冷凍室に行った。扉の前で厚い毛糸の靴下を穿き、薄手の革の手袋を嵌める。ビーバーの毛皮で作った帽子を耳が隠れるようにすっぽりと被る。

重たい扉を開ける。いつものように流れ出した冷気が、辺りの空気を掻き分けて床を這った。

中に入って明かりを点けた。そこではいつもどおりに女たちが静かに私を待っていた。もう若くはない、永遠の眠りに就いた四人の女。

女たちをひととおり眺めた後で、壁際に佇む女の前に立った。彼女は私の母の次に古い標本だ。伸ばした爪には真っ赤なマニキュア。ほとんどの指に指輪を光らせ、細かい宝石をちりばめた下着を身に纏っている。

私は彼女の痩せ細った冷たい体に腕をまわして、そっと抱き締めた。凍りついた首筋に舌を這わせた。

そして私は、彼女と一緒に凍りついたまま眠る、彼女の体内に巣くった癌細胞を思った。彼女を蝕《むしば》み、彼女をここに連れてきた癌細胞。

彼女と出会った時、私はまだ二十代だった。彼女は当時、五十六歳だったけれど、彼女がこの館にやって来た時、私は一目見て驚いた。私の母にあまりにもよく似ていたから。

私たちはすぐに仲良くなった。そう。今のあなたと私のように。彼女は白い透き通るような肌をしていて、窶《やつ》れて見えるほどに痩せていたけれど、それでも美しかった。

私は毎日彼女といろいろなことを喋りながら一緒に食事をしたり、お酒を楽しんだり、森の中を散歩したりした。二十代だった私は彼女と一緒に、生涯を暮らすことができると思った。

けれど、幸福な時間は長くは続かなかった。

ある晩、彼女は悲しそうに私を見つめて体のことを私に告げた。もうあと、いくらも生きることができない、と。

化学的な治療法や外科治療を拒み、残りわずかな人生をこの森の中の館で終えるために彼女はやって来た。私はその彼女の悲劇に、心の中で涙を流した。そして、残りわずかな命なら、せめて少しでも多くの時間を彼女と一緒に過ごしたいと思った。

彼女と過ごす時間。私には、それはとても透き通ったものに思われた。彼女と一緒だと、森の鳥たちのさえずりも、風に揺れる木の葉の輝きも、いずれ別れなければならない、はかないものに思われた。しっかりと心に刻みつけ、覚えておかなければならないものに思われた。

彼女はやがて死ぬ。けれど、それは私だって同じだった。生きているのはほんの一瞬。

誰もが、すぐに消えていく。

そう思うと靴の下の土の感触さえもがはかなくいとおしいものに思えた。

時々、激しい痛みが彼女を襲った。私には、痛み止めの注射を打ち、彼女の手を握ってその痛みが通り過ぎるのを待つよりほかなかった。

ある時、私は決心し、冷凍室の母を見せた。彼女は最初、あなたがそうしたのと同じように驚いた。それからやはりあなたと同じように、長いこと私の母を見つめていた。

言い出したのは私ではない。彼女のほうだった。

生きているうちに冷凍して、いつまでも愛してほしい。そう彼女は言った。そして毎日毎日、一日も欠かさずに訪れて、しっかりと抱き締めてほしい。

だから約束どおり、私は毎日彼女を訪れる。この二十年の間、たったの一日も欠かしたことはない。

手袋を嵌めた私の掌が、彼女の凍りついた肩を這う。できることなら私は彼女を冷凍したくはなかった。今日、この日まで一緒に暮らしてきたかった。

激痛が彼女を襲ったある晩、私は彼女に多量の睡眠薬を与えた。彼女は眠りに落ちる前に私を見つめ、さようなら、と言った。それから私の手を握り締めたまま、もう覚めることのない眠りに就いた。

あの時、私は言葉を、その言葉を言おうと思った。かつて母に言い、そしてそれ以降は一度も口にしたことのなかった、言葉を。けれど結局、私は告げることができなかった。あの時も、そして、他の女たちの時も。

私はいまだに、母の亡霊から解き放たれることができない。

私は凍りついた彼女の唇に、そっと自分の唇を触れ合わせた。また明日も来ます、と言った。それから壁に手を伸ばして、部屋の明かりを消した。

再びすべてが闇に沈み込んだ。

39

ベッドに戻った私の気配にあなたは目を覚ました。

「体が氷みたい。また冷凍室に行っていたのね」

カーテンの隙間から射し込む月の光はもう、あなたの額を離れて黒光りする床の上を照らしていた。

「起こしてすみません」

「大丈夫、もう眠くないわ」


眠れない夜に、あなたは話をしてくれる。今夜もあなたは昔の話をした。もう二十年以上も前、まだ幼かったあなたの息子さんと夫と三人で海水浴に行った時のこと。

「まだあの時は私も三十を少し出たばかりだったけれど、もうビキニの水着は着ていなかったわ。夫が嫌がって、結婚してから一度もビキニは着たことがなかったから。

あの夏は、白とブルーのストライプのワンピースの水着を着ていたわ。息子はまだ、五歳か六歳で、海はあの時がきっと初めてだった。今年みたいにとても暑い夏で、私たちはあの年に買ったばかりの白い車で海辺のホテルに出掛けたの」

冬にはとても深い雪の降る地方。その地方の砂浜をあなたたちは歩いて行った。夜、誰もいなくなった砂浜。あなたは息子さんと夫と三人で散歩していた。

真っ暗な夜空と水平線の交わる辺りに、何隻もの烏賊《いか》釣り漁船が出て、海面に強い光を投げ掛けていた。

その時、波打ち際をしぶきを上げながら歩いていたあなたの息子さんが、突然叫んだ。お母さん、水の中で何かが光ってるよ。

「息子に呼ばれて私たちは波打ち際に行ってみたわ。そうしたら、本当に打ち寄せる波の中で、細かい何かが、きらきら、光っていたの。光を反射しているんじゃなくて、発光しているの。波の中に手を入れて強く揺すると、その周りがきらきらと光るのよ」

私にもあなたたちがその時に見たその光景が見える。

月のない夜の砂浜。

波の音だけが聞こえる。

昼間あんなに熱かった砂は、すっかり熱を失って、あなたの素足に心地いい。

灯台が見える。その光が遠くの雲を時々照らし出す。

砂浜には誰もいない。

息子さんの指した先をあなたが覗き込むと、打ち寄せる真っ暗な波の中で、細かい光の粒子が、空に舞う火の粉《こ》のように渦を巻いていた。

打ち寄せる波の中にあなたは手を入れた。水は温かい。あなたは手を動かして水を掻いた。すると、あなたの手から金色の鱗《うろこ》が剝がれ落ちるように、手の周りの水が煌《きら》めいた。

あなたは着ていたワンピースの裾を捲《まく》り上げて波の中に入っていった。一本足で立って、波の中でもう片方の脚を振ってみた。すると今度はあなたの足の先から、細かい光の粒が、水の中に次から次へと振り撒《ま》かれた。

あなたは夫を呼んだ。すると今度は、近づいて来る夫の足の下の砂が光り、夫の足元を照らし出した。

あなたの息子さんが跳びはねた。そのたびに、その足元の砂が煌めいた。

あなたは濡れた波打ち際の砂の上を走った。砂に残されたあなたの足跡が光った。暗い砂の上に、点々と連なる光の足跡。

光は三秒か四秒で消えてしまう。遠くの足跡から順番に消えていく。後には何も残らない。魔法使いになったみたいだ。

三人はいつまでも誰もいない夜の砂浜を走りまわっていた。

「あれは何だったのかしら？」ベッドの上に裸の体を起こして、あなたは私にきいた。

「ホテルの部屋に砂を持って帰って、明るい光の下で虫眼鏡を使ってよく見たんだけど、もう何もいないのよ」

「はっきりとしたことは言えませんが、おそらく、発光バクテリアの一種でしょう。たぶん震動か、わずかな熱に反応して発光するんだと思います」私は答えた。私の体はようやく熱を取り戻し、皮膚を覆っていた鳥肌が消えた。

「不思議ね、どうして今頃になってそんなことを思い出したのかしら。あんなことがあったなんて、今までずっと忘れていて、一度も思い出さなかったのに。あなたといると、本当に昔のことを次から次へと思い出すわ」

「今でも息子さんのことを思い出しますか？」

「ええ、時々」あなたは言う。

私を見る。その目が、一瞬、母親の目に変わる。間違いない。私を見るあなたの眼《まな》差《ざ》し。それは、自分の子供を見る母親の眼差し。

あなたに見つめられて私は、まるで子供のようだ。私はあなたの中に、私の母の姿を見る。

一瞬。その瞬間、私たちの立場は逆転した。

「でも、もうずっと昔のことみたいに感じるわ」

あなたの言葉に私は我に返る。

「ここでは誰もが昔のことを思い出すんです。昔のことを思い出すのはいいことですよ。私もこの頃、よく思い出します」

私はあなたを見た。その目は、もう、いつものあなたの目に戻っている。

「あれを見せてあげたい、あなたと二人でもう一度あの光る砂を見たいわ」

「そうですね、私もあなたと一緒に見てみたい」私はあなたの肩を抱いた。

あなたと一緒にもっといろいろなものを見てみたい、そう私は思った。

「また眠れそうですか？」私はあなたにきいた。
「わからないわ」あなたは笑った。

40

裸のあなたを私は絨毯の上に落とす。

真っ黒な絨毯。

いや、それは絨毯ではない。床を覆い尽くす何万匹の蟻の大群だ。

悲鳴を上げてあなたは床を転げまわる。あなたの真っ白な肌に何万匹もの蟻が這い上がる。その鋭い顎であなたの皮膚を食い破る。

あなたの体はたちまち蟻に覆われて真っ黒に変色する。あなたは必死になって蟻を払いのける。手が払いのけたその部分だけが白く変わる。けれど、そこもすぐに真っ黒な蟻に包まれる。

蟻はあなたの口の中に入り込む。耳の穴に、鼻の穴に入り込む。

あなたはコールタールの塊のようになって床の上を転げまわり続ける。

びっしょり汗をかいて私は目を覚ました。隣に眠っているあなたの体をまさぐる。

あなたの体は私の隣で静かに上下している。

もう月の光は部屋の中から出て行ってしまったようだ。

カーテンを風が揺らしていく。

私は大きく息を吸い込み、それから目を閉じた。


森の中には大小の川がいくつか流れている。川はその流れに乗せて様々なものを運んできた。空瓶や空缶、野球のボールやテニスボール、壊れた人形。それは少年だった私に、上流の人々の暮らしをいつも思わせた。昆虫採集に飽きると、私は川辺を歩き、流れ着いた様々なものを拾い上げては物思いに耽《ふけ》った。

ある日、私はその川の岸にパイナップルが打ち上げられているのを見つけた。その南国の果物はその頃の暮らしの中では、まだとても珍しかった。半分水に浸かったままのそれを私は拾い上げた。堅い外皮が割れ、中の黄色い果肉が見えた。

私はそれを河原の石に叩きつけて割った。果汁が飛び散り、甘い匂いが辺りに充満した。グチャグチャに砕けたパイナップルの中には、ミミズに似た、真っ黒な虫が何十匹も詰まっていた。それらは生き物の内臓のように、焼けた石の上でのたうちまわった。私は思わず走り出した。

41

朝食の後で、煙草を吸いながら苦いコーヒーを飲み、新聞をゆっくりと読むのがあなたは好きだ。鼻に掛かった老眼鏡を指先で時々持ち上げながら、あなたは毎朝こうして私に新聞の内容を話してくれる。

今朝もいい天気だ。いつものように、部屋の隅々までを朝の光が満たしている。テーブルの上には、空になったいくつもの皿やグラスが残って、片づけられるのを待っている。

私はあなたの向かいで椅子にもたれて、眼鏡を掛けたあなたの顔を見ている。細い金のフレームの眼鏡。あなたが顔を動かすたびに、レンズはその表面にいろいろなものを映しながら光った。

新聞を読む時だけ、あなたは眼鏡を掛ける。一年ほど前、何カ月も頭痛が続いたことがあって病院に行ったあなたは、老眼だから眼鏡を掛けるようにと医者に言われた。

まだ老眼鏡を掛けるような年ではないと思っていたから、あなたはその宣告に少なからぬショックを受けた。小さい頃から昼間でも星が見えるほど目には自信があった。それでも思い出してみれば、あなたの母親もかなり以前から新聞を読む時には老眼鏡を掛けていたような気がする。そんなことがあってから、あなたは物を読んだり書いたりする時だけは眼鏡を掛けるようにしている。

今、あなたは遠い南の国で起こっている戦争の記事を私に読んでくれている。貧しい南の国での、民族と民族の間のちっぽけな誇りと、ちっぽけな正義と、わずかばかりの利権を賭けた戦争。たくさんの兵士と、それよりたくさんの民間人が死に、たくさんの人々が家を失い難民となって国外に流出しているという話。難民キャンプにはコレラや赤痢が蔓延《まんえん》し、数え切れないほど多くの子供たちが病気と飢えで死んでいく。

新聞には、母親を殺されて泣く、栄養失調で腹の膨れた、異様に手足の細い幼い男の子の写真が載っている。そして、その向こうに果てしなく広がる青い空。荒れた大地。

私はあなたが眼鏡を光らせながら新聞を読んでいるのを見るのが好きだ。

けれど、戦争の記事はいつも私を少し暗い気分にさせた。人の命が重いだなんて私は思わない。それほど大切なものだとも思わない。どちらにしても、すぐに終わってしまう生なのだから。しかし、それでも、民族とか宗教とかいった何の意味もない共同幻想のための戦争で、虫のように失われてしまう命は、あまりにも寂しすぎる気がした。

「馬鹿なことです」私は言った。

「そうね」あなたは顔を上げて眼鏡の向こう側から私を見つめた。凸レンズで拡大されたあなたの目。それが私をじっと見つめる。

「国家のためや民族のため、主義や思想や誇りや正義のために、人を殺したり、死んだりする必要がどこにあると思いますか?」そう私はあなたに言った。「まして、何の関係もない子供たちを巻き込む必要がありますか?」

「そうね」あなたは新聞を閉じ、灰皿の中に煙草を揉み潰《つぶ》して消した。細い最後の煙が昇った。「でも、私たちには何もできないわ」

そう、あなたの言うとおり。私にも、あなたにも、何もできることはない。彼らがはかない人生を、さらにはかなく終わらせようとしていることについて、私たちにはなすべきことは何もない。

あなたは別の煙草に火を点けた。

表面に朝の光を輝かせているコーヒーを飲み干し、私はゆっくりと目を閉じた。網膜に焼きついた光の残像が、顕微鏡で見た生物の細胞のように激しく動きまわっているのが見えた。

42

たっぷりと水を含ませたペトリシャーレから、私は解凍の済んだ蝶をそっと取り出した。真っ白な脱脂綿に、蝶の体から落ちた鱗粉が微かに光る。

あなたは眼鏡を掛けたまま、私にぶつかるほど額を近づけて、私の指先と昆虫の死骸を見つめている。あなたの吐くミントの香りの息が私の鼻をくすぐる。

もう充分に柔らかくなった蝶の体に私は長い昆虫針を刺す。展翅板の上に固定する。ぴったりと閉じ合わされた羽と羽との間にピンセットを差し込み、指の震えを抑えながら、それを静かに開いていく。羽の間に、隠れていたブルーとグリーンの光沢を持った模様が現れた。その鮮やかな脆《もろ》い羽を、私はピンセットと細い針とで慎重に広げていく。

「綺麗！」あなたは感嘆の声を漏らした。

傷をつけないように、穴を開けないように、細心の注意を払いながら、翅脈《しみゃく》に長柄針を軽く引っ掛ける。生きている蝶が決してしない恰好に羽を広げ、紙テープと虫ピンで固定していく。最初に右側の羽を。それから左側の羽を。

羽の付け根を針で何度も優しくつついて筋肉をほぐし、筋を切断し、針先に付けたボンドを塗りつけて固める。

わずかに落ちた鱗粉がピンセットの先端に付着する。

それはまるで、金属の粉のよう。自然の生物のものとは思えない。グリーン。イエロー。ブルー。光る。

あなたが息を吞むのがわかる。

蝶を展翅板に載せる時、私は芸術家になる。蝶の美しさを最大限に引き出す芸術家。

蝶は私に広げられ、触角と細い脚とを整えられて、生きている時より美しくなる。はかない、壊れやすい美しさを、永遠のものに変えられて、そこに固定される。もう決して色褪せない。その美しい羽が傷ついたり、壊れたりすることはない。

「驚いたわ」あなたは言った。

「こんなところを人に見せるのは初めてです」私は蝶から顔を上げ、あなたを見つめて笑い掛けた。

「光栄だわ」

「これが乾いたらあなたに差し上げます」

「楽しみだわ。どこに飾ろうかしら?」あなたは笑い返した。

黒くて細い煙を上げて燃える蠟燭を傾けて、私は封をしたばかりの手紙の上に溶けた蠟をポトリと落とした。

透き通っていたピンクの蠟は、ザラザラした厚い紙に落ちた瞬間に固まって曇った。その蠟の上に、自分のイニシャルが刻印された鉄の型を押し付ける。柔らかな手ごたえ。型を上げると、ピンクの蠟に文字が鮮明に残った。

「随分たくさん手紙を出すのね」隣に座って、私の手の動きを見ていたあなたが話し掛けた。

そう、あなたはいつも、私の手を、私の指先を見ている。とてもしなやかに、優雅に動く私の尖った指先。

「ええ、出無精なものですから、手紙くらい出さないと」

机の上にはピンクの蠟で封印をされた封書がいくつも並べられている。時々蠟燭の炎を窓からの湿った風が揺らしていく。

窓から入る風は、まだ生暖かいけれど、それでも昼間とは微妙に変わってきている。

夜の森の匂い。

さっき、窓の下で今夜の最初の虫が静かに、恐る恐る鳴き始めた。

太陽はもうすっかり西に傾いて、木々が連なる地平線に接しようとしている。部屋の隅に少しずつ暗がりが忍び寄っている。

「ねえ、私にもさせて」あなたが言い、私は木の柄の付いたシーリングスタンプを渡した。

「蠟が固まる少し前に、そっと押し付けてください。焦らなくても大丈夫。蠟が固まる少し前に押してください。そっと押すだけで、ちゃんと付きますから」

マニキュアの光る指先であなたがシーリングスタンプをつまんだのを確認してから、私は封書の上に蠟をポトリと落とした。

そっと息を吹き掛ける。

透明だった蠟の雫の表面がさっと曇る。

あなたはその蠟の上に型を静かに押し付ける。

あなたが手を離すと、ピンクの蠟に私の文字が残った。

「簡単ね」私の目を覗き込んであなたは笑った。

「ええ、とても簡単です」

私が蠟を落とす。あなたが型を押し付ける。あなたの細い指。マニキュアが蠟燭の光を反射して不思議な色に輝く。型を離すと、さっきよりも鮮明に文字が残った。

「今度はさっきよりもうまくできたわ」

「だんだんうまくなりますよ」

「ねえ」あなたは私を見る。

「何ですか？」私もあなたを見つめる。

「ねえ、これで私の体にあなたの印を付けて」

私は驚いてあなたの目を見つめた。

あなたは言う。

「あなたのコレクションになった時に、他の女の人と違うっていうことがわかるように、私の体にあなたの印を付けてもらいたいの」

「本気ですか？」

「ええ、本気よ、そうしてもらいたいの」

あなたの瞳。それが憂いを含んでいるように感じるのは私の気のせいだろうか？

「ドレスを着た時に見えるところがいいわ」あなたは言った。それからしばらく考えて、「肩の後ろがいいわ」と、細い指先で自分の右肩を私に示した。

44

震える指でシーリングスタンプの柄を挟み、私はそれをアルコールランプの火にあぶる。

ベッド脇のサイドテーブルの上。頼りなげに揺れる炎が、直径十五ミリほどのその小さな鉄の塊を真っ赤に焼いていく。

あなたは滑らかに光る真珠色のショーツとブラジャーだけを着けて、鉄のベッドに俯せになってそれを見ている。指にはアルコールにたっぷりと浸した脱脂綿がある。さっきそれで、自分の右の肩を丁寧に拭いていた。

サイドテーブルの上には他に、患部を冷やすための氷を詰めた氷嚢《ひょうのう》と、消毒のためのアルコールの瓶と、抗生物質の錠剤の入った小瓶が置いてある。

私は充分に焼けたシーリングスタンプをアルコールランプの炎から離す。

ブラジャーのストラップを肩からずらし、あなたは小さく丸めたハンカチをしっかりと口にくわえる。嚙み締める。目を閉じる。

痩せた肩。白い皮膚の上に、私は焼けたシーリングスタンプを押し当てた。

ジュッ、という微かな音。小さな煙が上がった。蛋白質《たんぱくしつ》の焦げる匂い。

嚙み締めたハンカチの隙間からあなたは悲鳴を漏らした。体がブルブルと震える。

細い指が枕を握り締める。

私はシーリングスタンプを持ち上げた。

あなたの滑らかな肌に、そこだけくっきりと赤く、私の文字が残っている。

あなたは顔を上げた。額に脂汗が滲んでいる。ハンカチを口から離し、首をまわして振り返り、虚ろな目で自分の右肩を見つめた。

「綺麗にできたわ」

あなたが虫籠の中に入れたキリギリスは籠の隅で動かなかった。脅えていたのだろうか？　いや、そうではない。彼は知っていたのだ。もし少しでも動けば、その瞬間に、カマキリの鋭い鎌が飛んで来て自分の体が引き裂かれるということを。だから、彼は動かなかった。その緑色の弱い虫は、虫籠の隅に佇んで、じっとカマキリのほうを見つめていた。

カマキリは襲い掛からなかった。大きな鎌を身構えて、キリギリスを睨んで隙を狙っていた。

けれど、キリギリスは隙を見せなかった。彼は恐怖に耐えながら、この勝てっこない相手に立ち向かおうとしていた。

「勇敢な虫ね」あなたは言った。

「ええ。まるでドン・キホーテですね」

「ねえ、逃がしてあげて」

「わかりました」

私は虫籠の入り口を上げて、中に指を入れた。その私の指先にカマキリが襲い掛かった。私はその鋭い鎌をうまくかわすと、籠の隅にうずくまるキリギリスの細い体をつまんで籠から出した。

「よかった」

あなたは私から受け取ったキリギリスを窓から放した。キリギリスは緑色の薄い羽をはためかせて、濃い緑の森の中に飛びたった。

46

その晩、私たちは連れ立って、久しぶりにレストランに食事をしに降りて行った。痩せた体のラインを強調する丈の短いドレス。剝き出しになった華奢な肩には、私の文字が鮮やかに刻印されていた。

あなたは今夜、誇らしげに、まるでそれを見せびらかすかのように、自信に溢れて人々の間を歩いた。ハイヒールを履いた細い脚を、一歩一歩しなやかに伸ばしながら交差させた。

そう、あなたは今では自信に満ちている。そして、それがあなたの美しさをさらに引き立てる。

レストランでの食事の後、私たちはカクテルラウンジでペロに会った。ペロは新しく担当になった女性を連れていた。やはり黒のドレスに身を包んだ、あなたよりもいくつか年上の、きつい顔立ちの女性。

「奥様、お久しぶりです。お元気ですか？」相変わらず爽やかな笑顔を見せてペロが笑い掛けた。「またいちだんとお綺麗になられましたね」

「ええ、とても元気よ。楽しいわ」あなたはペロに笑い返した。

「ペロ、あなたも元気そうね」

「私はいつも元気です。楽しんでください、奥様」

ペロは白い歯を見せてそう言うと、私にも軽く会釈してカウンターの外れに行ってしまう。あなたが野生の獣のようだと思った軽やかな身のこなし。

「なんだか、ここに来たのが随分昔のことみたいに思えるわ」ペロの後ろ姿を見送りながらあなたは言った。

私たちは窓際に座って、夜の森を眺めながらカクテルを飲んだ。

窓ガラスには、並んでグラスを傾けるあなたと私が映っていた。ガラスの中のあなたは、私でさえ驚くほどの妖艶な美しさを放っていた。あなたの五十三年の人生の中で、おそらく今が最も美しい時だろう。

「傷はまだ痛みますか?」グラスの中のオレンジ色の液体を飲みながら私はきいた。

「ええ。でも、もうそれほどでもないわ」

あの晩、あなたはひどく熱を出して一晩中苦しんだ。私はあなたに解熱剤と抗生物質を与え、何度も氷嚢の氷を取り替えて患部を冷やした。あの晩、私が謝るとあなたは、謝らないで、私は嬉しいのよ、と言った。

グラスをコースターに戻したあなたの指、そこで今夜輝いているダイヤモンドの指輪に私はそっと指を触れる。あなたの指は今では私の指と同じようにしなやかに動く。しなやかに。そして、優雅に。

あなたは私を見つめる。それから、テーブルの上に置いた虫籠を。私は言う。「もうその虫籠を持っている必要はありません。私たちの約束は終わりました。もう、あなたは自由です」

私はテーブルの上からそれを取ろうとする。虫籠の中ですっかり太ったカマキリが身構える。

その手をあなたの細い手が押さえた。

「駄目よ」あなたは言う。「余計なことはしないで。これは私のものよ。あなたは手を触れないで」

これまでにないあなたの強い口調に、私は思わず虫籠から手を離した。

あなたは再び優しい目で私を見つめる。それは母親の目。

私はまた母親に見つめられた子供のようになる。

あなたは言う。言い聞かせるように。

「私たちは決めたのよ。もう、私にもあなたにもそれを変更することはできないわ」

私は黙って頷いた。そう。母親に叱られた子供のように。

47

ベッドで眠るあなたの肩に月の光が当たっている。

あなたの肩に浮かぶ私の文字。永久に消えない文字が、闇の中に照らし出される。

私はそれを見つめている。

冷たい光に照らされて、あなたの肌はブロンズのようだ。真夜中の美術館にひっそりと佇むブロンズの像。とても生き物のものとは思えない。

私のコレクションになった時に、他の女たちと区別がつくように、とあなたは言った。私はあなたを標本にするのだろうか？　本当に私は、そうしたいのだろうか？

月に照らされたあなたの肩の文字にそっと唇を触れる。そこはまだ微かに熱を持っている。


私が目を覚ますと、あなたはベッドに裸の体を起こして外を見ていた。カーテンの隙間から、朝焼けに染まり始めた空が見えた。ねぐらを飛び立つ鳥たちの声が、うるさいほどに聞こえた。

「どうしました?」

私が声を掛けると、あなたは私を見下ろし、「朝の空って本当に綺麗ね」と言って笑った。

「そうですね、この季節の朝焼けは特に綺麗なんです」私は毛布から手を出してあなたの肩に触れた。朝の空気の中で、それはすっかり冷たくなっていた。

「もう少し眠りませんか?」

「そうするわ」あなたは言い、それでも名残を惜しむように朝焼けの空を眺め続けた。

森を吹き抜ける風は涼しい。呼吸している樹木の匂いがする。

森の匂い。わずかに湿り気を帯びた風。その風の中を、私はあなたの手を取って歩いて行く。もう片方の手にはランチや飲み物の入ったバスケットを提げて、肩から採集箱を襷《たすき》掛けにして、柔らかな落ち葉の堆積を一歩一歩踏みしめていく。

あなたはつばの付いた麦藁《むぎわら》帽子を被って、捕虫網を杖がわりに突きながら、私に手を引かれて歩く。時々振り返る私に、嬉しそうに微笑む。森の中って素敵ね、と言う。

私たちの遥か頭上を覆った、うっそうと茂る木々の葉の間から射し込む光が、私たちの足元を照らしている。

「森に出て採集をするのは久しぶりです」私はあなたに言った。

「いつもはどこで虫を捕まえるの？」

「今では買っているんです」

「買うの？」不思議そうにあなたはきいた。

「ええ、野生の蝶はどうしても羽に傷がついていますから、完全なものはいないんです。ですから私は、卵や幼虫や蛹を専門の業者から買いつけて、それを育てて標本にしているんです」

標本、という私の言葉にあなたは微かに反応した。あの狭くて真っ暗な冷凍室で標本にされる自分を思い浮かべる。

私たちは森の奥、深く深く入って行った。もう道らしい道はない。

私はあなたの前に立って、小さな下生えを薙《な》ぎ倒しながら歩いて行く。太い樹木はその根元に鮮やかな緑色の苔を密生させていた。

遥か頭上の梢で鳥たちが甲高《かんだか》い声で鳴いていた。私たちの周りを小さな虫が、せわしない羽音を立てて飛びまわった。

「こういうところにも蝶がいるの？」あなたはきいた。

「いいえ、ほとんどいません。こういうところにいるのは蛾です」

「蛾なの？　じゃあ今日は蛾を採りに来たの？」私の手を握り締めてあなたが言う。

「そう。でも、蝶に負けないくらい美しい大きな蛾がいるんです。私はどちらかといえば、派手な蝶より地味な蛾のほうが好きなんです。種類も豊富だし、亜種も多い。昆虫のコレクターはたいてい蝶から蛾へと嗜好が変わっていくようです」

落ち葉の堆積は上等なクッションのよう。あなたは底の薄い布の靴で何度も地面を踏みしめながら、その感触が楽しいと私に言った。

落ち葉のクッションの上をしばらく歩いて、私はようやく標本になりそうな蛾を見つけた。大きな太い木の幹、窪んだ陰になったところに、それは止まっていた。

開張二十センチ近くはありそうな巨大な蛾が、四つの白い目玉模様のついた焦げ茶色の羽を広げ、赤ん坊の産毛のような細かい毛をびっしりと密生させた体を震わせている。シュロの葉のような触角が、呼吸に合わせてゆっくりと動いている。

「いました」

「どこ?」あなたは慌ててきき返す。「どこにいるか、わからないわ」

あなたには、その巨大な蛾が見えない。

「ほら、そこです」私は指をさした。その、白く細い指の先を、あなたはじっと見つめた。

「いた、見えたわ」あなたは言う。「あの羽、まるでこっちを睨んでいるみたいね」

「鳥から身を守るためにそうしているんです。網を貸してください」

私はあなたから受け取った捕虫網をそっとその昆虫に近づけた。柔らかなネットを張った白い網。

昆虫はその気配に気づいた。巨大な羽を動かし、幹から飛び立とうとした。

しかし、私の網から逃れることなどできない。

私が軽く網を振ると、昆虫はなすすべもなくその中に捕らわれた。

私はクルリと網を捻って昆虫の自由を奪うと、ネットの上から素早くその胴体をつまんだ。

「どうするの？」網を覗き込んであなたはきいた。

「殺すんです」

私は昆虫の体をつまんだ指先に、静かに力を込めていった。ネットの向こうで昆虫の触角が震えているのがわかる。微かな体温。やがて、昆虫は私の指の中で息絶えた。

森が開けた草原の小さな木陰にシートを敷いて、私たちはバスケットのランチを広げた。籐《とう》のバスケットの中には、今朝ヤンが詰めてくれた色とりどりのサンドイッチがびっしりと並んでいた。私たちはシートの上に並んで腰を下ろしてそれを食べ、ポットの中の熱いコーヒーをカップに移して飲んだ。

「おいしいわ。ピクニックに来たみたい」

「ピクニックですよ」

草の中を、時々大きなバッタが跳ねた。草の陰では虫が鳴いている。

陽射しはまだ強いけれど、もう吹き抜ける風は秋のものだ。風は汗で体に張り付いたシャツの中に入り込み、シャツをふわりと膨らませ、私たちの体を冷やしていく。

「帰ったらすぐに、さっきの蛾を標本にするの？」

「いいえ、冷凍しておいて、時間のある時にゆっくりと展翅板に広げるんです」私はそう答える。

冷凍、という言葉に、あなたはまた反応する。

「ねえ」あなたは言う。

「何でしょう？」

「今朝、私のカマキリが死んだの」

私はあなたの目を見つめ返す。「本当ですか？　気がつかなかった。昨夜レストランで見た時は元気そうだったのに。そういえば今朝はテーブルに虫籠がありませんでしたね」

「今朝早くに、ふと目が覚めて虫籠を覗いてみたら、籠の中で硬くなって死んでたわ。そっとベッドから出て、窓からカマキリを捨てたの。風に流されて、カマキリは飛んで行くみたいに、まだ薄暗い森の中に消えていったわ」

「そうでしたか。それでは今朝早く私が目を覚ましたのは、あなたがベッドに戻ってからだったんですね」

「あなたにも、私のことで知らないことがあるのね」

「本当に死んでいたんですか？」

「嘘だと思うの？」

私は黙って頷く。

「嘘でも本当でも、どちらでも同じよ。どうせ、いつかは死ぬんだから」

「カマキリはまだ生きていたんでしょう？」

「いいえ、死んだわ。だから、約束どおり、きょう、私を標本にして」あなたは私に言った。

「きょう、ですか？」

私は驚いてあなたを見た。「随分急な話ですね、少し急すぎませんか？」

「そうね、でも、きょうがいいの。明日は私の誕生日だから、その前にそうしてほしいの。きょうじゃないと、また決心が鈍ってしまうかもしれないから」

私は黙ってあなたを見つめた。決心したあなたの目。

「何月何日に死ぬなんて、そんなこと何日も前から決められないわ。だから、決めたその日に死にたいの」

「実は」私は言う。「前からあなたに言おうと思っていたことがあるんです」

「何？」あなたはバスケットの中のサンドイッチを手に取った。卵とベーコンとレタスが入っている。

私は黙っている。しばらくの間考えて、それから私はあなたに言った。

「私はあなたを殺せない」

私の言葉。けれど、それは本当に言いたい言葉ではなかった。別の言葉。けれど、私は言えない。母の亡霊が言うなと私に命じている。

あなたは私を見つめる。しっかりと見つめる。木漏れ日が、あなたの顔の上で行ったり来たり、揺れている。

「私にはあなたを殺すことはできない。私はあなたを標本にすることはできない。あなたをあの冷凍室に閉じ込めることはできない。なぜなら……」そこで私は言い澱む。母の亡霊を追い払おうとする。

「それは駄目よ」あなたは言った。私の目から視線を外し、木々の梢を見上げた。梢を飛び交う鳥たちの姿が見える。

「もう後戻りできないと言ったのはあなたよ。私も今ではあなたと一緒にいたいと思うけれど、でも、そんなふうに生きることは、私たちにはできないわ」あなたは言う。「私たちは日常の世界には生きてはいないのだから、だから、それはできないわ」

「それでも」と私は言う。言葉。たったひと言をあなたに言おうとする。けれど、もう、それ以上言葉は出ない。

「期限付きの人生だと思ったから、ここではこんなに自由になることができたわ。残りわずかな人生だと思うから、いろいろなものがいとおしく美しく見えたわ。でも、その期限がなくなってしまったら、私はまた前の私になってしまう。また、これから先のいろいろなことを心配しながら生きなくてはならないわ。今は一緒にいたいと思うけれど、ずっと一緒に生きていれば喧嘩もするだろうし、幻滅したり、嫌いになったりするかもしれない。そんなのは嫌。だから、予定どおりにしてほしいの」そう、あなたは言う。

私は目を閉じる。手が震えている。コーヒーを入れたカップを下に置く。

「この頃、とても花が綺麗に見える。花だけじゃなく、鳥も虫も、空も雲も、光も風も、木の葉や、あんなちっぽけな雑草さえも、とても美しく、いとおしく見えるの。あなたのコレクションになった女の人たちはみんな、こんなふうに感じてたんだなって思うわ」

私にはあなたに言い返す言葉が見つからない。ただ俯《うつむ》いて、黙っているだけ。

あなたはまた、サンドイッチを頬張る。今度はツナと玉葱のサンドイッチ。俯いている私にあなたは話し掛ける。とても優しい声で、まるで、駄々をこねる子供に言い聞かせるように話し掛ける。

「もう、決めてしまったことなんだから。私は私の決めた方法で、私の人生を終わらせたいの」

私は頷いた。それしか方法がないから。

そんな私にあなたはにっこりと笑い掛けた。

「あなたに会えて、よかった」

私はまたあなたに、その言葉を言えなかった。

49

あなたはベッドの上に俯せになってヤンのマッサージを受けている。

久しぶりに戻る自分の部屋。あなたの部屋にも夕暮れが迫っている。

荷物をまとめたあなたは、いらないものは処分してくれるようにヤンに頼んだ。いらないもの、と言った後で、もう自分に必要なものは何もないということに気づいた。

そう、もうあなたに必要なものは何もない。ドレスも下着もハイヒールもスカーフもハンカチも、時計も眼鏡も歯ブラシも化粧品も、ずっと持ち歩いていた息子の遺品や写真も、もう何も必要ない。だからヤンはあなたの持ち物のすべてを処分することになるだろう。

裸になったあなたの背中をヤンの掌が滑っていく。肩には私の印。オイルをたっぷりと伸ばしたあなたの背中は磨きあげられたピアノのようだ。部屋の中のいろいろなものを映すかのように、滑らかに光っている。

「ヤンにマッサージをしてもらうのも、これが最後ね」顎を柔らかな枕に埋めたまま
あなたは言った。
「ええ」ヤンは短く答えた。
「毎日毎日、ありがとう」
「いいえ」ヤンは答えた。他には何も言わない。何も言わずに、いつものように掌を
あなたの上で滑らせ続けている。
空は朱色に染まっている。
ねぐらに戻る鳥たちが横切る。
あなたの最後の夕暮れ。
あの夕暮れからいったい何日が過ぎたんだろう？　そう、あなたは思う。あの夕暮
れ。神社の石段に座って姉が来るのを待っていた、何十年も昔の夕暮れ。あなたは思
い出す。最後に私に話そうと思っていた思い出。
あなたは私が明日にしようと言うのを振り切って、きょう標本になることを主張し
た。明日じゃ駄目なの、きょうがいいのよ。あなたはそう言った。
もう一日生き延びれば、明日も夕暮れを見ることができる、と。けれど、そうした

ら、結局いつまでたっても決心がつかなくなってしまうだろう。だから、明日ではなく、きょうでなくてはならない、とあなたは思う。それにしても、夕暮れはなんて美しいんだろう。

「奥様」ヤンが手を止めた。

「何？」あなたはヤンを振り返る。

ヤンは泣いていた。表情を変えずに涙を流していた。ヤンの浅黒い頬を透明な涙の粒が伝って流れ落ちた。

「本当にいいんですか？」泣きながら言った。

「ありがとう、でも自分で決めたことだから」あなたは言う。「だから泣かないで」

はい、と言ってヤンは再び手を動かし始める。

あなたは枕に顎を埋める。

あなたは泣かない。息子が死んだ時に、涙は流し尽くしてしまったから、だからもう涙は残っていないのだとあなたは思う。

50

深夜。もう館はひっそりと寝静まっている。聞こえるのは日ごとに大きくなっていく窓の外の虫の声と、風が微かに木々の枝を揺らす音だけ。他には何も聞こえない。艶《あで》やかに化粧を済ませたあなたに、私は小さく畳んだ下着を手渡した。艶《つや》やかな光沢を放つ真っ白な下着。

古びて黄ばんだ布のシェイドを被った、背の高い電気スタンドが一本だけ点いて、部屋の中を照らしている。その柔らかい光の中で、あなたは着ていた服を一枚一枚脱いで裸になり、その薄く小さな下着を身に着けた。私の前に立つ。透き通った白い布の向こうに、あなたのすべてが見える。

私は部屋の隅のソファに腰を下ろした。とても立っていることができない。ソファの向かいのテーブルの上には、ブランデーのボトルと、磨きあげられたグラスがふたつ置いてある。ふたつのグラスに、私はボトルの液体を静かに注ぎ込んだ。

「さあ、ここに来て、一緒に飲みましょう」

あなたは私の隣に腰を下ろした。柔らかなソファが深く沈み込む。グラスを持ち上げる。そのグラスの縁を、私たちは軽く触れ合わせた。ルージュで光る唇を、あなたはそっとグラスに付けた。白い喉が微かに震える。

今夜も月が出ているようだ。カーテンの隙間から入る光が、床に細い道を描いている。「月を見せて」あなたが言う。

私はソファから立ち上がると、窓際に行ってロープを手繰った。厚いカーテンがレールの上を滑る。開いた窓から月の光が、冷たく部屋の中を照らし出した。

電気スタンドの明かりを消す。

ソファに戻る時、私は机の引き出しからいくつかの錠剤を取り出した。プラスティックの透明なパッケージを施された真っ白な錠剤。それをテーブルの上に置く。

「ブランデーと一緒に飲んでください」私はあなたに言う。

あなたの隣に再び深く腰を下ろす。

あなたは空にかかった月を探している。

「最後の月」

テーブルの上の錠剤を見つめる。マニキュアを塗り直したばかりの骨張った指が、その錠剤をひとつひとつパッケージから出して、テーブルの上に並べる。月に照らされて、それは石膏のように冷たく光る。

　私はそっと手をまわして、あなたの肩を抱いた。冷たく冷えた肩。指先が、肩に刻印された文字に触れる。

　すべての錠剤をパッケージから出すと、あなたはそれを一粒一粒つまんで口に運んだ。コリコリと音を立てて嚙み砕く。途中でグラスを持ち上げてブランデーを飲む。

「煙草が吸いたい」あなたは言う。

　私はテーブルの端に載った煙草を一本取り出して、あなたの唇にくわえさせた。ライターで火を点ける。自分の指が細かく震えているのに私は気づく。あなたは煙を、大きく吸い込んだ。

「怖いですか?」

「怖くはないわ。怖がっているのはあなたでしょう?」

「決心は変わりませんか?」

「変わらないわ」あなたは答える。

　また錠剤を口に運ぶ。グラスの中の液体を飲む。

「昔、姉と蟬の抜け殻を採りに行ったことがあったわ」最後に私に話そうと思っていた話。あなたは私の瞳を見つめる。

「女の子なのに蟬の抜け殻だなんて、おかしいでしょ？　そういう子供だったの」

笑い掛ける。

優しい笑顔。ここに来てからあなたはそんな笑顔ができるようになった。

そう。あなたは、とても強くなった。だから、今では、そんなに優しく笑うことができる。

ゆっくりと錠剤を口に運びながらあなたは言う。

「私はまだ幼稚園にも行ってないほど小さくて、それでも同い年の子とではなく、姉や姉の友達と遊びたくて、いつでも姉の後をついてまわってたわ。姉はよく一緒に遊んでくれたけど、それでも時々はうっとうしかったみたいね。ある日、姉は、ついて行こうとする私に、神社に蟬の抜け殻がたくさんある秘密の場所を見つけたから先に行って見張っているようにって言ったの。私たちもすぐに行くから、お前が先に神社に行って待っててって。ていよく私を追っ払ったの」

私はブランデーを飲んだ。

あなたは怖くはないと言った。けれど、私の震えは止まらなかった。私は怖かった。あなたを失うのが怖かった。

あなたは話を続けている。もうテーブルの上に、白い錠剤は残っていない。

幼いあなたは姉たちと別れて一人で神社に行く。真夏。辺りを覆う蟬の声はうるさいほど。あなたはそこで蟬の抜け殻を探しながら、姉たちが来てくれるのを一人で待っている。とても長い時間。

神社にはほとんど人影がない。

けれど、いつまでたっても姉たちは来ない。友達との遊びに夢中になって、あなたが待っていることなど、彼女はすっかり忘れてしまっている。

あなたは何時間も待っている。蟬の抜け殻を探すことにも飽きて、神社の石段に座っている。時々老人が通り過ぎる。子供たちが通り過ぎる。けれど、姉は来ない。

やがて夕暮れが訪れる。木々に囲まれた神社の中はだんだんと暗くなっていく。それでも、あなたはたくさんの茶色い蟬の抜け殻を脇に置いて、石段に座ったまま待っている。

姉は友達と別れて家に戻って、初めてあなたのことを思い出す。慌てて神社に向かって走る。

もう真っ暗になった神社の石段。そこに彼女はあなたを見つける。石段にちょこんとしゃがんだ、あなたの小さな影。

あなたは姉が来たことに気がつかない。

姉はあなたの名前を呼ぶ。

あなたは顔を上げる。泣きそうになって、「お姉ちゃんの馬鹿」と、言う。

あなたは、もう、目を開けてはいられない。私の肩に首をもたせかけて、ゆっくりと眠りに落ちていく。

もうあなたが目覚めることはないのだ。

私はあなたの肩を抱いた。強く抱いた。あなたの名前を呼んだ。あなたは微かに何かつぶやいた。それはもう聞き取れない。

そして私は言った。

その言葉。

今、私は母の亡霊を振り払い、ようやくその言葉が私の口から漏れた。

けれど、遅すぎた。

腕の中のあなたには、もう、私の声は聞こえない。

私はもう一度繰り返した。

けれど、その言葉を聞くべき人は、もはや深い眠りに落ちていた。

51

静かに眠るあなたの肩を抱きながらソファに深くもたれ、私は長い間じっとしている。

もうボトルの中に琥珀色の液体は残っていない。

私は動けない。あなたに筋弛緩剤を注射し、あなたを冷凍室に運び込むことができない。

雲に月が隠れたのだろう。床の上にあった窓枠やテーブルの影は消えて、部屋を暗闇が覆っている。その中で、私はいつまでもあなたの肩を抱いている。

このまま、と私は思う。このまま朝が来て、明るい陽射しが部屋の中に満ちれば、あなたは再び目を覚ますだろう。あなたの五十四歳の誕生日。私たちはきょうの日を祝い、シャンパンを開けるだろう。そして、私はあなたに言葉を伝えることができるだろう。母の呪縛から解き放たれて。

あなたは私の言葉にどう反応するのだろうか？　私たちはまた、きのうまでと同じ生活を始めることができるだろうか?

明日の朝、あなたはまた目を覚ます。これまでの朝と同じように。

けれど、あなたは、それを望まないだろう。

あなたは、期限付きの生の喜びを知ってしまったのだから。

あなたは覚悟を決めた。だから、私もそれに応えなければならない。

私はゆっくりとソファから立ち上がる。

再び電気スタンドの明かりを点ける。

机の引き出しから液体の詰まった小瓶と、小さな注射器を取り出す。注射器に針を取りつける。銀色の長く鋭い針。その針を瓶に刺して、ゆっくりと中の液体を吸い上げる。シリンダーの中で空気の小さな粒が躍っている。針を上に向けるとピストンを静かに押して、その空気の粒を出す。針の先端から溢れ出た水滴が膨らみ、そこから透明な液体が針を伝って流れ落ちる。

注射器のセットが済むと、私はあなたの腕を太くて黒いゴムで縛った。金の二本のバングルを嵌めたあなたの腕はとても細く、なかなか血管が見つからない。

いや、それはあなたの腕のせいではなかった。

私は泣いていた。涙は私の頬を伝って、あなたの腕に落ちた。次から次へと、絶え間なく流れ落ちた。泣いたのなんて、いつ以来だろう？　森へ子猫を捨てに行った時以来だろうか？　母を殺した時にも、私は泣いたりはしなかったのに。

私は何度か首を左右に振った。それから、手の甲で無造作に涙を拭い、あなたの腕に浮き出た血管に、注射器の針を近づけた。

自分の心臓が猛烈に高鳴っているのが聞こえた。目からは涙が溢れ続けていた。

52

人生には引き返すことのできる地点というものがあり、もう引き返せない地点というものがある。確かにある。

殺されてしまった蝶は、もう生き返らない。たとえ、空に放ったとしても、決して舞うことはない。

だが、私がその命を奪う前だったら、まだ間に合う。その蝶を再び野に戻してやることもできる。

人生の別れ道。人生の分岐点。

たぶん今、私はその場所に立っている。

ガラスの注射器を手にしたまま、私はまた、ソファで眠るあなたを見つめる。涙が溢れ続ける目で、真っ白な下着姿のあなたをじっと見つめる。

そっと閉じられたあなたの目。震えている長い睫毛《まつげ》。

何か夢を見ているのだろうか。アイシャドウが施された瞼の下で、眼球が忙《せわ》しなく動いている。

無意識のうちに、私は唇を嘗める。何度も嘗める。あなたの腕に浮き出た血管に、再び注射器の針を近づける。

人生の岐路。分岐点――。

遠い遠い昔、私は子猫を捨てるという選択をした。母に命じられ、しかたなくではあったけれど、確かにそういう選択をした。

けれど、そこには、別の選択肢もあったのだ。母にどれほど叱られようと、どれほど罵られようと、頑として子猫を捨てないという選択肢があったのだ。

もし、それを選択していたら、私はその後の人生を、あの子猫と生きることになっていたはずだ。そして、もし、それを選択していたら、私の人生は今とは違うものになっていたのかもしれない。

右の道と、左の道。私は今、そのどちらを選択することもできる。

なぜ今、私はこんなことを考えているのだろう。これまでは、こんなことは考えずに、思いを行動に移して来たというのに……それなのに、どうして今、私はこんなことを考えているのだろう。

変わった?

もしかしたら、そういうことなのかもしれない。もしかしたら、私は変わったのかもしれない。

この館に来てから、あなたは変わった。私はずっと、そう思い込んでいた。けれど、そうではなかったのかもしれない。変わったのはあなたではなく、この私のほうだったのかもしれない。あなたを変えたつもりでいた私が、いつの間にか、あなたによって変えられていたのかもしれない。

この私が変わった? この私が誰かの影響を受けて変わった? こともあろうに、この私が変わった?

だが、そうなのだろう。いつの間にか、私は変わったのだ。あなたによって変えられたのだ。そして、自分が変わったということに、たった今……まさに今、気づかされたのだ。

大切なのは、美しい死ではない。非日常的な時間でもない。

本当に大切なのは、平凡でありきたりで、愚かしい日々の積み重ねなのだ。失敗を繰り返し、恥をかきながら、みっともなく生き続けることなのだ。

あなたが私に、それを伝えた。そして、今、私はそれを実感している。

注射器を持っていないほうの手で、私は涙を拭う。ふーっと長く息を吐く。その湿った息に吹かれて、あなたの前髪が静かに揺れる。

生の時間はとても短く、とてもはかなく……とても愚かしく、とても馬鹿々々しい。そして、そこには価値も意味もほとんどない。私は今もそう思っている。

けれど……いや、だからこそ、それはこんなにもいとおしいのかもしれない。老いや死に向かって生き続けるということは、もしかしたら、とても大事なことなのかもしれない。

電気スタンドの光に照らされたあなたの顔を、恋に惚《ほう》けた男のように、私は無言で見つめ続ける。嫌々をするかのように、首を左右に振り動かす。

この私がこんなふうに思うなんて。これではまるで、今までの自分の生き方のすべてを否定するようなものじゃないか。私が今までして来たことや、これまでの自分の価値観が、すべて間違いだったと認めるようなものじゃないか。

私は再びあなたの腕に注射器の針を刺そうとする。あなたの体内に薬物を注入しようとする。けれど、それができないことはわかっている。

できないのだ。私にはできないのだ。

ああっ、もういいや。降伏だ。私の負けだ。

私はまた唇を嘗める。何度も嘗める。そして、思う。

もう、やめよう。こんなことは、やめよう。

心の中で私は言う。

そうだ。やめるのだ。こんなことは、もうやめるのだ。今ならまだ、後戻りができる。今ならまだ、ありきたりで、馬鹿々々しい日常に戻ることができる。

私は無意識のうちに振り向いた。すると、そこに道が見えた。戻るための道。引き返すための道。それがはっきりと見えた。

そして、私は心を決めた。

戻るのだ。ありきたりな日常に、戻るのだ。馬鹿々々しい日常に、戻るのだ。たとえ、あなたに、どれほど罵られようと……たとえ、あなたが、私にどれほど幻滅しようと……たとえ、失望したあなたが私の前から立ち去ろうと……たとえ、私がどれほどみっともない男に成り下がろうと……。

戻るのだ。私は戻るのだ。

腕をブルブルと震わせながら、私はサイドテーブルに注射器を置いた。それから、いつの間にか、汗でヌルヌルになっていた手で、あなたの腕にきつく巻き付けられた太くて黒いゴムを解き、ぐったりとなったあなたの体を、両手でそっとソファから抱き上げた。

その瞬間、あなたの顔ががっくりと背後に反り返り、長くつややかな髪がふわりとなびいた。

私はあなたの耳元に口を近づけ、またあの言葉をささやいた。恋に惚けた愚かな男のように、涙を溢れさせながら、それを何度もささやいた。

命惜しさに持ち場を離れ、敵に白旗を上げて降伏する兵士のような惨めな気分で……同時に、これからもまだ生の時間が続くのだという事実に嬉々として……平凡で、ありきたりで、愚かしく、取るに足らない日常へと……ずっとずっと自分がもっとも忌み嫌っていた、その下世話な世界へと……私は恐る恐る、へっぴり腰で……だが、迷わずに足を踏み出した。

エピローグ

目を覚ました鳥たちの声が森に響き出した頃、あなたはそっと目を開いた。

一瞬、あなたには自分がどこにいるのかがわからない。睡眠薬のせいで、頭がぼんやりとしている。目を擦《こす》る。瞬きを繰り返す。

私はベッドの脇に立ち、そこに横たわるあなたを見つめる。あなたもまた、焦点の定まらない目で私の顔を見つめ返す。

あなたの唇が微かに動く。だが、そこから言葉は出ない。

やがて、あなたは理解する。私がしたこと。そして、できなかったこと。それを理解する。

「できませんでした。私にはできませんでした」

首を左右に振りながら、私はあなたに言う。またしても、目から涙が溢れ出す。みっともないほど、たくさんの涙が。

あなたはゆっくりと上半身を起こし、ベッドの背もたれに寄りかかる。いつの間にか、あなたは白いノースリーブのナイトドレスをまとわされている。

あなたは首を何度か強く振る。耳元で大きなイヤリングが揺れる。

「カーテンを開けて」

舌をもつれさせながらあなたが命じ、私は窓辺へと向かう。

大きな窓にかけられたカーテンがいっぱいに開け放たれた瞬間、一日の最初の光が部屋の奥へと深く、深く差し込んだ。

あなたは思わず、目を瞬かせた。それから、目を細めて窓の外を見つめた。

あなたの五十四回目の誕生日の朝。今朝は本当に天気がいい。ほとんど真横から差す朝日に、鬱蒼とした森全体が光っている。その森に鳥たちの声がやかましいほどに響いている。

もう二度と見ることがないと思っていた光景。もう二度と聞くことがないと思っていた鳥の声。平凡で、ありきたりで、愚かしく、取るに足らない一日の始まり。

「できませんでした。私にはできませんでした」

再びベッドの脇に立ち、馬鹿のひとつ覚えのように私は繰り返す。

あなたも再び私を見つめる。いつの間にか、その目に強い怒りが浮かんでいる。

そう。あなたが怒るのは当然のことだ。

あなたは邪魔をされたのだから。必死の思いで、ようやく心を決めたというのに
……迷い、ためらい、考え抜いた末に、ようやく、ようやく決意したというのに……

それを私に邪魔されたのだから。

「あなたって、意気地がないのね。見損なったわ。イライラする」

吐き捨てるかのように、あなたが言う。舌がまだもつれている。

私には言い返す言葉がない。親に叱られた子供のようにうなだれるだけ。

「私がどんな思いで心を決めたと思ってるの？　そうすると決めるまで、どれほど苦しんだと思ってるの？　それなのに……あなたが私にこうするように仕向けたっていうのに……」

挑むかのように私を見つめ、また吐き捨てるかのように、あなたが言う。その美しい顔が込み上げる怒りに歪み、真っ赤に紅潮している。

「あなたに生きていてもらいたかったんです。殺したくなかったんです」

重い罪人のように打ちひしがれながら、私はようやく、そう口にする。

「今さら、何を言ってるの？　自分のコレクションになれって言い出したのは、あなたじゃない。それなのに……いったい、どういうことなの？」

眉を吊り上げ、あなたは顔をブルブルと震わせる。

「すみません。許してください」

私は言う。ほかに何を言えばいいか、わからない。

「これから私は、どんどん年を取るわ。どんどん美しさを失っていくわ。あなたは私に、そんなふうに生きてもらいたくなかったんでしょう？」

怒りに顔を歪めたまま、少しヒステリックにあなたがきく。

太陽がさらに上り、鳥たちの声がさらに大きく響く。秋の朝日が古い木製の窓枠の影を、傷だらけの古い木製の床に刻み付ける。相変わらず、目から涙を溢れさせながら、私はあなたの顔をぼんやりと見つめている。

「なぜ、黙ってるの？　何とか言いなさい」

少し裏返った声で、あなたが私に命じる。私の母だった女のように強く命じる。

「それでもいいんです。だから、生きていてください」

みっともなく泣きながら、声を震わせて私は言う。「あなたが年をとっても……美しくなっても……醜い老人になったとしても……それでも、私はあなたに生きていてもらいたいんです。そして、もし……もし、赦されるなら、私はあなたのそばにいたいんです」

鼻を詰まらせ、身をよじるようにして私は言う。縄張り争いに負けた野良猫のような気分で、あなたに言う。

あなたはしばらく無言で私を見つめている。それから、顔を伏せ、ふーっと長く息を吐く。

「自分から言い出しておいて……随分と勝手なことを言うのね。気まぐれで、我がままな子供と同じね」

俯いたまま、あなたは言う。

「赦してください。赦さなくてもいいですが……生きていてください。私はあなたに生きていてほしいんです」

私の言葉を聞いたあなたが、顔を伏せたまま笑った。剝き出しの尖った肩を震わせ、くくくっという声を出して笑った。

あなたは私を蔑んでいるのだろう。私の愚かさに呆れ返っているのだろう。

だが、かまわない。蔑まれても、呆れられても、かまわない。私はあなたに生きていてもらいたい。どんなことがあろうと、私はあなたの命を奪いたくない。

やがて、笑い続けながら、あなたは顔を上げた。

笑い続けながら？

いや、そうではなかった。あなたは泣いていた。その大きな目から、私と同じように、ぼろぼろと涙を溢れさせていた。

「ああっ、馬鹿馬鹿しい。言葉にできないぐらいに馬鹿馬鹿しい」

そう言うと、あなたは泣きながら天井を見上げた。「馬鹿馬鹿しい。ああっ、馬鹿馬鹿しい」

あなたは繰り返した。手の甲で涙を拭い、私のほうに顔を向けた。それから、顔を歪めるようにして少しだけ笑った。


あなたの五十四回目の誕生日の午後、あなたと私は裏庭に出た。私が何十年にもわたって収集して来た昆虫標本の数々を、焼いて灰にしてしまうためにだ。

私は変わったのだから……今までの私の価値観は完全に否定されたのだから……だから、それらはすべて燃やしてしまおうと思ったのだ。

「そこまでしなくてもいいのに」

あなたは笑った。だが、そうすることをとめたりはせず、私がしようとしていることを手伝ってくれた。

館と裏庭を何回も往復して、私たちは無数ともいえるほどたくさんの標本箱を、午前中に庭師たちに掘らせた穴の中に次から次へと投げ込んだ。

すべての標本箱が深い穴の中に収まると、私はそこにガソリンを撒《ま》いた。そしてマッチを擦り、ためらうことなくそれを穴の中に投げ入れた。

その瞬間、ぼっという音とともに、穴の中から勢いよく炎が立ちのぼった。

顔を背けたくなるほどの熱を頬全体に感じながら、私は穴のすぐそばにしゃがみ込んで、その炎をじっと見つめた。

きのうまで、それは私の宝物だった。けれど、今では惜しいとは思わなかった。それどころか清々しい気分でさえあった。

すでに午前中に、私はあの冷凍室のスイッチを切っていた。これから私はあそこで眠る女たちの一人一人を柩に納め、一人一人を自分自身の手で墓地にこっそりと埋葬するつもりだった。母の死体も埋めてしまうつもりだった。

「あなたって、つまらない男になってしまうのかもしれないわね」

私のすぐ脇にしゃがんでいるあなたが、炎を見つめたまま言った。その美しい顔がオレンジ色の炎に明るく照らされていた。

平凡で、愚かで、ありふれた男に成り下がってしまった私は、あなたを見つめて無言で頷いた。また泣き出してしまいそうだった。

少し傾き始めた秋の太陽が、あなたと私に降り注いでいた。いたるところから鳥たちの声が響いていた。裏庭の外れをたくさんの赤トンボが飛び交っていた。

私の隣にはあなたがいた。生きてそこにいた。それだけでもう、望むことは何もなかった。

「ねえ、前からききたいと思っていたんだけど」

あなたが私のほうに顔を向けた。

「何ですか？」

「どうしてあなたは私のことを、そんなにもよく知っていたの？　どうして私は、あなたのお母さん以上に特別な存在なの？」

　私を見つめるあなたの目に、燃え上がる炎が映っていた。

　私はしばらく考えた。それから、口を開いた。もう何もかも白状してしまうつもりになっていた。

「知りたいですか？　実は……」

「いいわ。言わないで」

　あなたが私の言葉を遮った。「それを聞いたら、あなたのことがもっともっとつまらない男に思えるかもしれないから」

　あなたが笑った。あでやかなルージュに彩られた唇のあいだから、白く揃った歯がのぞいていた。

　あなたにとっての私は、これから一日ごとに色褪せた男になっていくのだろう。一日ごとに、平凡でありきたりな、つまらない男になっていくのだろう。

　けれど、今の私には、そのことさえもが嬉しかった。

　あなたを見つめ返し、私は無言で頷いた。それから、両目をそっと閉じた。その瞬間、熱く焼かれた頬を涙がすーっと流れ落ちていった。

エピソード・ゼロ

――この世で一番好きだった人が、一番嫌いな人に変わるとき

今からもう三十年近く前、私は一人の男と結婚した。この世で一番、誰よりも、誰よりも好きな男だった。

あの日、純白のウェディングドレスに身を包んだ私は、祭壇の前で、神と牧師とすべての参列者に誓った。

彼のことをいつまでも、いつまでも愛し続けます。

そう心から誓った。

私の隣に立つ男もまた、私と同じように誓った。私のことを一生涯、愛し続けると誓った。

私は嘘をついたつもりはなかった。きっと彼もそうだったのだろう。

そう。あの日の私たちは、お互い心から愛し合っていたのだ。そして、これからもずっと、愛し合いながら人生を共に歩んで行けると信じ込んでいたのだ。

いつまでもお互いに愛し合う……若かった私たちは二人とも、そんなことは、いとも簡単なことだと考えていた。

それにもかかわらず、たった数年のうちに、私はその誓いに背くことになった。

いや、背こうとして背いたのではない。決してそんなつもりはない。

ただ、ある日、ふと——私は自分がもはや、その男のことを、これっぽっちも愛していないということに気づいたのだ。それどころか、自分がその男の存在を鬱陶しく感じているということに……もっとはっきり言えば、私はその男が大嫌いで、顔を見るのも嫌だということに気づいたのだ。

夫を嫌いになった直接のきっかけ。そういうものは、なかったように思う。ただ、いつの間にか……本当にいつの間にか、私の心は彼から離れていたのだ。

私がもはや夫を愛していないと気づいた瞬間——。

その時のことは、今もはっきりと覚えている。あれは私たちが教会の祭壇で永遠の愛を誓ったちょうど七年後、長男が小学校に入学する少し前のことだった。

どんよりと曇った早春のある日、買い物の帰りに、私は道端に佇んでいる一匹の子犬に出会った。耳の垂れた茶色い雑種の子犬だった。首輪はつけていなかった。

「こんなところで何をしているの？」

私は思わず子犬の脇にしゃがみ込んだ。

茶色い子犬が嬉しそうに私を見上げた。その黒くて大きな目は、泣いているかのように潤んでいた。

子犬は私に鼻や体を擦りつけ、千切れてしまうのではないかと思うほどに激しく尻尾を振った。

きっと寒かったのだろう。子犬は少し震えていた。三月になったとはいえ、あの日は鉛色の雲が低く垂れ込めていて、北風がとても冷たかった。

「どうしたの？　お母さんはいないの？」

私は子犬を撫でた。その体は本当に小さかった。そして、肋骨や背骨が浮き出ていて、ぞっとするほどに痩せていた。

随分と長いあいだ、私はそこで子犬を撫でていた。それから、「じゃあ、行くわね」と言って立ち去ろうとした。小雨が舞い始めたから、いつまでもぐずぐずしているわけにはいかなかったのだ。

そんな私のすぐ後ろを、子犬はずっとついて来た。途中からは私と並んで歩いて来た。

「寒いから、早くお家に帰りなさい」

私は何度も立ち止まり、子犬のそばにしゃがんで言った。夫は動物が嫌いだったから、犬を飼うわけにはいかなかった。

だが、子犬は立ち去らなかった。

私は走ろうかと思った。あるいは、タクシーに乗ってしまおうかとも思った。

けれど、それはできなかった。私に必死でついて来る子犬のけなげさが、いじらしくてしかたなかったのだ。

少しずつ強くなる雨の中、ついに子犬は私の家までついて来た。家に着いた時には、私も子犬も雨にしっとりと濡れていた。

「しかたないわねえ。ご飯だけでも食べて行く?」

私は玄関のたたきに小皿を置き、そこにビスケットを砕いて入れ、買って来たばかりの牛乳を注いだ。子犬はそれを無我夢中で食べてしまった。

私はさらに小皿にビスケットを砕き入れ、牛乳を注ぎ足した。子犬はまた、無我夢中でそれを食べた。

そして、私は決意した。

親のいない子犬を見捨てるわけにはいかなかった。こんな小さな命を冷たい雨の中に、放り出してしまうわけにはいかなかった。

私は両手で子犬を抱き上げた。その瞬間、あまりの軽さに私は愕然とした。まるで鳥を抱き上げたかのようだった。

子犬は喜んで私の頬を嘗めた。何度も何度も嘗めた。

「くすぐったいわ」

私は笑った。そして、痩せこけた子犬の体を、ぎゅっと強く抱き締めた。

そんなふうにして、その日から、子犬はわが家の一員になった。

思っていた通り、帰宅した夫はとても嫌な顔をした。私に捨てて来いとさえ言った。けれど、私は頑として子犬を飼うと主張した。夫に対して、私がそれほど強く何かを言ったのは、たぶん、あれが初めてだった。

夜になって、雨は本降りになった。けれど、家の片隅に置いた段ボール箱の中で丸くなっている子犬が、雨に濡れることはなかった。

子犬には私がペロという名をつけた。私が顔を近づけると、いつもいつも、頬っぺたや口の周りをペロペロと嬉しそうに嘗めたからだ。

やって来たばかりのペロはとても体が弱かった。痩せて体力がない上に、お腹にたくさんの寄生虫を宿していたのだ。

下痢をしたり、発熱したりするたびに、私はペロを毛布にくるんで動物病院に走った。ペロには私しかいないのだから……ペロは私を頼り切っているのだから……何が何でも自分の手で彼を守ろうと思っていた。

ある日、動物病院がとても混んでいて、帰宅するのがすっかり遅くなってしまった。私が自宅に戻ると、すでに夫が帰宅していた。

腹を空かせていたらしい夫は、私がまだ夕食の用意をしていないことにひどく立腹した。

「俺と犬とどっちが大切なんだ?」

目を吊り上げて夫が言った。

「馬鹿な質問はしないで」

慌ただしく夕食の支度を始めながら私は答えた。だが、心の中では、『この人とペロのどちらが大切なんだろう』と自問していた。

ペロと夫のどちらが大事か——答えは一瞬にして出た。そして、その答えに私自身が驚いた。

私は拾ったばかりの子犬のほうが、夫よりずっと大切だと思っていたのだ。そして、夫の食事のことより、ペロの体調を気遣っていたのだ。

そう。あの時だった。あの日、あの時、私は自分が、もはや夫を愛していないことに気づいたのだ。その事実に初めて気づいたのだ。

私はもはや、夫を愛していなかった。嫌悪してさえいた。

それでも、私は彼と別れようとしなかった。

経済的なことや、世間体などを考えると、離婚は得策には思えなかったのだ。

打算？

きっと、そうだったのだろう。私はしたたかで、ずる賢い打算から、もはや愛してもいない夫と一緒にいようとしたのだろう。

あれから二十年以上が過ぎた今、私は夫に申し訳なかったと思う。今では心からそう思う。

愛してくれない女が、それどころか、自分を嫌悪している女が、ずっと妻としてそばにいたのだ。自分を敵のように憎んでいる女が、いつもそばにいたのだ。

そういう意味では、夫はとてもかわいそうな人だった。彼は私に騙され続けていたのだから。


夫のほうは私のことを、いったいどう思っていたのだろう。

愛していた？

いや、たぶん、そうではなかっただろう。私には他人である彼の心の中は見えないけれど、たぶん、愛してはいなかっただろう。

愛されていれば、それを感じられるはずだ。それなのに、私がそれを感じたことはなかったから。

夫はただ、私のことを生活に必要な人間だと……まるで家政婦のように、いなくなったら自分が不自由すると考えていただけに違いないのだ。

私がそう感じていたということは、彼もきっと同じだったのだろう。私が自分をこれっぽっちも愛していないと、彼もまたずっと昔から気づいていたのだろう。

打算と打算。私たちは打算だけで繋がっている夫婦だったのだ。


ペロは幼い頃には、とても病弱だった。けれど、わが家に来て一年が過ぎた頃にはとても健康になり、体もとても大きくなった。

私一人では抱き上げられないほどに重たくなっても、ペロはいつまでもやんちゃで、いつまでも甘えん坊で、長男と同じくらいに手がかかった。そして、長男に負けないほどに……もしかしたら、それ以上に可愛かった。

そう。ペロは本当に可愛かった。長男には反抗期というものがあった。けれど、ペロにそんなものはなかった。

ペロはいつだって、私の味方だった。ペロは無条件に私を愛し、私を頼り、私を必要としてくれた。私が辛そうにしている時には無言で寄り添い、子犬だった頃のように私の頬を嘗めてくれた。

そのペロは十五年生きて死んだ。

あの時のことも、よく覚えている。

悲しくて、悲しくて、私は泣いた。何日も何日も泣き続けた。

人生にこれほどまでに悲しいことがあるのだろうか。

あの時も、そんなふうに私は思った。


だが、その後、私はさらに大きな悲しみに襲われることになった。息子の死だ。

そして、私はようやく決意した。もはや息子の父親ではなくなった夫と、夫婦であることをやめると決めたのだ。

随分とごねた末に、夫が離婚届にサインしてくれた時には心からホッとした。

これで自由だ。そう思った。

私が家を出て行く時、あの人は少し寂しそうな顔をした。

私も少しは寂しかった。

何といっても、彼はかつて、私がこの世で一番愛した男だったのだから。誰よりも、誰よりも、好きな男だったのだから。

私は決して、すべてがあの人のせいだったと言っているのではない。結婚生活がうまくいかなくなったのは、この私のせいでもあるのだ。私の何がいけなかったのかは自分ではよくわからないけれど、あの人の心が私から離れていったのは、やはり私のせいなのだ。

あの人は悪かったかもしれないけれど、私も負けずに悪かった。つまり、お互い様だ。

だから、今はもう、あの人を責める気にはなれない。私は結婚の被害者だったかもしれないけれど、あの人もまた被害者だったのかもしれないのだ。

いつまでも変わらず人を愛するためには、少なからぬ労力が必要だ。愛するための努力を、そして、愛されるための努力を続けることが必要だ。

今、私はそれを知っている。けれど、そのことに気づくまでには、本当に、本当に……本当に長い年月が必要だった。

あとがき

この本は『いつかあなたは森に眠る』というタイトルで、一九九五年三月に創業間もない幻冬舎から、僕のデビュー第二作として出版された。その後、二〇〇八年六月にはTOブックスから、同じタイトルで単行本として刊行された。

二〇〇八年にTOブックスから再出版する際に、僕は千カ所以上に手を入れた。当時の僕には、デビュー直後に自分が書いたものが、とても稚拙で、形容詞の羅列があまりにも鬱陶しく思えたからだ。

けれど、あの時には物語の骨格となる部分には手を加えなかった。いくらかの違和感はあったけれど、誕生したばかりの大石圭という作家の雰囲気を残したいと考えたからだった。

だが、今回の文庫化にあたって、僕はその骨格部分にも手をつけた。ラストシーンをまったく違うものに書き換えたのだ。

いや、この本のゲラの校正を始めた時には、そんなことは考えていなかった。けれど、ゲラを読み進めていくうちに、初版のラストシーンにはどうしても納得ができなくなってしまったのだ。

変わった？

そう。つまり、そういうことなのだろう。僕は変わったのだろう。

二十年近く前、デビューした頃の僕は、できるだけクールでありたいと考えていた。もっとはっきり言えば、少し気取って恰好をつけていた。

けれど、五十歳を超えた今では、クールであることや、かっこいいことに、たいした価値があるようには思えなくなった。それどころか、作家というものは、クールさやかっこよさとは対極にあるものを書くべきなのではないかとすら思うようになった。少なくとも、僕のようにもう若くない作家は、そうするべきなのではないかと考えるようになったのだ。

生きるというのは泥まみれになることだ。たくさんの恥をかき、何度も自己嫌悪に陥り、人に嫌われたり、人を嫌ったりしながら、あまりかっこよくない時間を送り続けることだ。

四十冊を超える本を書いて来た今、僕はそんなふうに考えている。そして、そんな僕には、本書の初版のラストシーンは受け入れられなかった。

初版の時と今回と、どちらがいいのかは自分でもよくわからない。何度、読み直しても、まったくわからない。

けれど、今の僕にはこうするしかなかったのだ、ということを読者の方々にご理解いただきたい。

今回の文庫化にあたっては、いつものように幻冬舎の前田香織さんに非常にたくさんのご尽力とアドバイスをいただいた。前田さん、ありがとうございました。これからも、末長く、よろしくお願い致します。

二〇一二年師走

大石　圭

解説

浅野智哉

初めて大石圭に会ったのは、映画ノベライズ『4人の食卓』が出た2004年の春だ。『リング』『呪怨』を筆頭にしたJホラーブームがまだ残っていた頃。私はインタビューライターとして、注目のホラー作家・大石圭に取材させてもらった。

彼は作品のスタイルについて「主人公が凶悪犯罪者でも、読者がその悪辣《あくらつ》な行為を応援してくれる小説を目指しています」と語った。その言葉で、私はこの人の作品をこれからすべて読もうと決めた。

大石圭は、ホラーというジャンルにおさまる作家ではない。ベストセラーとなったノベライズ『呪怨』では、怨霊である伽耶子《かやこ》の視点をさしこみ、映画本編ではモンスターでしかなかった彼女の憐れな背景を描き出した。どのような悪でも否定しがたい情理を持っているという思想は、ホラーではなく文学の領域のものだろう。

大石の書く小説の犯罪者たちは、サディスティックで非道で、欲望をかなえることに躊躇《ためら》いがない。しかし奇妙ないとおしさを感じさせる。そのようにしか生きられなかった、彼らの心の軌跡を丁寧に描出しているから、読み手は気持ちを寄り添えられる。主人公が血みどろの凶悪犯でも、そっと手を触れたくなる哀切をにじませるのは、彼の小説の大きな魅力だ。

一度目のインタビュー以来、私はずっと大石圭と彼の作品を追いかけている。

その後10年近く、彼は着実に著作を重ね、映画化作品も続いている。小説界に質量ともに充実した大石ブランドが築かれつつあるなか、今回『女が蝶に変わるとき』が発表された。作家の原点に限りなく近い、最初期の「大石圭」が再確認できる、長年の読者としては嬉しい機会だ。

元になっているのは、かつて『いつかあなたは森に眠る』というタイトルで発表された、大石のデビュー第2作。改題した今作では多数の修正を入れられているが、その後に書かれる多くの小説の原型となっている要素が随所で読み取れる。

ごく普通の一般人が、ある事情で追いこまれる残酷な境遇。官能美の漂う容赦ないレイプシーン。痛みや苦しみから逃げる選択もできるのに、そうしなかった人々の複雑な事情。ラストの向こうに残される物語の余韻――。多くの読者を惹きつける大石ワールドの特色が、第2作ですでに完成されていたのは興味ぶかい。早い段階で自身の世界観を支える骨組みを見つけ、高いレベルの作品を仕上げたのは、後にエンターテインメント作家として成功する才能の証拠と言える。

また「読者がその悪辣な行為を応援してくれる小説」である点もクリアしている。書かれた当時はそれほど意識していなかったとしても、小説は読者を楽しませるものでなくてはならないという作家のこだわりが窺《うかが》える。

文学小説の高みを目指しながら、読者と共にあろうとするスタンスをうちだした、作家・大石圭の歴史を語る上では外せない小説である。

一方、旧作から今回の『女が蝶に変わるとき』では、ファンも驚くような改変が加えられている。

ラストが、まるで違うのだ。

死を美しい帰結として描いたラストを、今作ではまったく正反対の結論に書き換えた。これは作家哲学に関わる変更であり、旧作を楽しんだ読者の読後感を完全に覆す、とてつもなく勇気のいる書き直しだっただろう。

なぜ、大石圭にそのような変化が訪れたのか？

私の想像だが。ひとりの死刑囚の男との交流が影響しているのではないだろうか。

死刑囚の名は、土谷正実。

サリン製造ほか多数の罪で起訴され、２０１１年の3月に死刑が確定した、元オウム真理教の幹部信者だ。

大石は『60秒の煉獄』など著作のあとがきで告白している。土谷は小学生時代、家が隣同士の幼馴染みだったという。

3学年下の土谷とは路上で遊んだり、家で一緒に食事したり、ほどよい距離感で付き合う、弟のような少年だった。

大石が引っ越して20年以上、顔を合わせることはなかったが、ある縁をきっかけに、数年前から拘置所での面会を続けている。

土谷は裁判中に教祖・麻原彰晃への帰依心を失って、現在はオウム真理教を脱会しているひとりの囚人だと聞く。大石はもちろんオウムに対して信仰や特定の感情はなく、元の幼馴染みとして、自然に対話を重ねているようだ。

誤解をまねく表現かもしれないが。

面会した関係者によると、土谷本人はおおむね「悪い人ではない」という。長い拘置所暮らしのせいか、やや浮き世離れした部分はあるものの、根は真面目で、サリン製造に関わったことを深く反省している。死刑確定の前には、サリン事件で犠牲となった被害者の遺族への謝罪文を新聞紙上で発表した。世間への恨みをまき散らす、冷酷な大量殺戮《さつりく》マシンというイメージとはだいぶ違う人物のようだ。もちろん土谷が大きな罪を犯したのは事実だし、ここで擁護するつもりはない（公正な裁判だったかどうかは別の問題にして）。ただ現在の土谷と面会を続ける大石圭の内面に、小さなざわめきが生じているのは、たしかだと思われる。

小説『黒百合の雫』のあとがきで、大型台風が去った後に土谷から届いた手紙について語られている。土谷は台風の轟音を「まるで子守歌のように聴きながら眠りました」という。畳3枚分ほどの独房で、かすかな自然の音を慈しみながら、死刑を待っている幼馴染みの絶望的な孤独に、大石は目の奥を熱くさせた。

土谷と交流するようになってから、大石圭の書く小説には、小さな変化が現れている。娯楽性を高いレベルでキープしながら、犯罪に対する善悪の言及を避け、ハッピーエンドでもアンハッピーエンドでもない曖昧《あいまい》な読感をより強めている。小説を通して、なぜこんなことが起きたのか？　という問いかけを読み手へ投げかけているようだ。

ひと言で語るなら、この世の不条理を描いている。

たとえば、捨て猫と愛情を受けて暮らす飼い猫との不公平な「生」を、誰が決めているのか？　無残に殺される者と、安全な場所から眺めている者を分けているのは？　優秀な若き理系の学生が科学者として成功するか、国家転覆を企てるテロ教団の一員となるのか、分かれ道となったのは何なのか？　そして罪のない子どもが、なぜ死ななければいけなかったのか？　おそらく誰もが納得のゆく答えは出せないだろう。

私たちの周りは、圧倒的な不条理で満ちている。

世界の富と幸福は片寄って分配されているし、1時間前まで元気だった人が天災で死ぬこともあるし助かる人もいる。残酷な運命は、本人の努力と注意で避けられるものばかりではない。不条理な結末は、人智を超えた何かに初めから決められていると考えた方が理屈に合うだろう。

それでも私たちは生きねばならない。

死が訪れるまで、苦しみもがくように、不条理にもプログラムされている。

大石圭は、拘置所の面会室のアクリル板に阻まれ、再び肩を抱き合うことのできない幼馴染みとの再会を経て、人の抱える大いなる哀しみを、小説で描こうとしているのではないだろうか。

その不条理へのささやかな抵抗が、『女が蝶に変わるとき』のラスト変更につながったと、私は考えている。

命を終わらせるのではなく、持続させることへの切実な祈り。

大石は死よりも「生」でつながる男女に人間の貴さを見いだした。

または死よりも生き続けることの方が残酷であり、生きるだけで人は何かを贖《あがな》い続けるという、この世の宗教的な実相に、作家の視点がシフトしたようにも思える。

30代の若き才気で書かれた物語も魅力的ではあるが。50代にさしかかり、さまざまな形で死そのものを突きつけられた今作は、大石圭の深化を表しているようだ。

残虐な出来事を描写しながら、不条理と立ち向かい、「愛の永遠性」を問い続ける、ひとりの表現者の成熟を示す秀作である。

——著述家

この作品は一九九五年三月、小社より刊行された『いつかあなたは森に眠る』に、加筆・修正をし二〇〇八年六月、TOブックスより再刊行されたものです。文庫化にあたり、改題し、加筆・修正と書き下ろし「エピソード・ゼロ」を加えました。

幻冬舎アウトロー文庫

●好評既刊
日本一有名なAV男優が教える人生で本当に役に立つ69の真実
加藤　鷹

現役にして伝説のAV男優、加藤鷹。彼が神と崇められ女優から絶大な信頼を得るようになった理由とは？　『ベスト』で終わらず『ベター』を重ねることが一流」他、体で見つけた究極の人生論。

●好評既刊
指名ナンバーワン嬢が明かすテレフォンセックス裏物語
菊池美佳子

ワキ毛ボーボー愛好家、四十路の童貞奴隷、ダッチワイフ2体と三角関係の男、地球とセックスする男……。とんでもない性癖の持ち主たちに出会ったナンバーワン嬢ミカの、エッチな爆笑体験記。

●好評既刊
淫獣の宴
草凪　優

グラビアアイドルの希子は、M字開脚にされ悶え苦しんでいた。「きっちり躾けて」。事務所の美人社長・美智流の命令に、マネージャー・加治の指が伸びる。雪山の密室で繰り広げられる欲望の極致。

●好評既刊
情蜜のからだ
白取春彦

「だめよ。絶対声が出るから」。客のいる前で犯されるマッサージ師・友美。羞恥と愛液まみれの施術が始まる。『超訳　ニーチェの言葉』の著者、もう一つの淫靡なる才能。傑作官能短編集。

●好評既刊
十字架の美人助教授
館　淳一

「感じてゆくところを一枚ずつ写真に撮ろう」。学生時代に同級生たちの性奴隷にされた香澄は、以来、輪姦願望から逃れられない。助教授となった今も、犯されるために秘密クラブへ通う――。

女《おんな》が蝶《ちょう》に変《か》わるとき

大石圭《おおいしけい》

平成25年2月10日　初版発行

発行人——石原正康
編集人——永島賞二
発行所——株式会社幻冬舎
〒151-0051東京都渋谷区千駄ヶ谷4-9-7
電話　03(5411)6222(営業)
03(5411)6211(編集)
振替00120-8-767643
印刷・製本—大日本印刷株式会社
装丁者——高橋雅之

幻冬舎アウトロー文庫

ISBN978-4-344-41990-2　C0193　O-110-4

幻冬舎ホームページアドレス　http://www.gentosha.co.jp/
この本に関するご意見・ご感想をメールでお寄せいただく場合は、
comment@gentosha.co.jpまで。